書下ろし

死地に候《そうろう》

首斬り雲十郎③

鳥羽 亮

祥伝社文庫

目次

不忍池
下谷
阿部川町
東本願寺
筋違御門
豊島町
浅草御門
柳橋
両国橋
本所
相生町
緑町
小柳町
両国広小路
掘留町
竪川
大川
日本橋
江戸橋
小網町
日本橋
大松屋
（行徳河岸）
小名木川
荒布橋
楓川
京橋
深川
油堀
永代橋
八丁堀
新シ橋
本湊町
熊井町
中島町
富ヶ岡八幡宮
西本願寺
南飯田町
木挽橋

『死地に候 首斬り雲十郎』の舞台

第一章　幽鬼

1

神田豊島町《かんだとしま》、柳原《やなぎわら》通り――。

五ツ（午後八時）ごろ。月夜だが風があり、黒雲が流れて月を覆《おお》い、通りを漆黒《しっこく》の闇につつむときがあった。

神田川沿いの土手に植えられた柳が、風にサワサワと揺れている。

柳原通りは、浅草《あさくさ》御門から筋違《すじかい》御門の辺りまで神田川沿いにつづく道である。通り沿いには古着を売る床店が立ち並んでいるが、いまは葦簀《よしず》や戸板でかこってあり、夜の帳《とばり》につつまれていた。

日中は大勢の通行人で賑《にぎ》わっているが、いまは人影もなくひっそりとして、ときおり柳橋《やなぎばし》や両国界隈《りょうごくかいわい》で飲んだ酔客や夜鷹《よたか》などが、通りかかるだけである。

神田川にかかる和泉橋《いずみばし》のたもと近くの柳の陰に人影があった。牢人《ろうにん》であろうか。闇に溶ける茶の小袖《こそで》に、よれよれの羊羹《ようかん》色の袴《はかま》姿だった。総髪で、黒鞘《くろざや》の大刀を一本だけ落とし差しにしている。

風に柳の枝葉が揺れて葉叢《はむら》の間から月光が射《さ》すと、牢人の青白い顔が闇のなかにぼんやりと浮かび上がって見えた。面長《おもなが》で細い目、肉をえぐり取ったように頬《ほお》がこけている。

牢人は通りの左右に目をやりながら、

……今夜は、無駄骨か。

と、胸の内でつぶやいた。その目が、闇にひそんで獲物《えもの》を待っている狼《おおかみ》のようにうすくひかっている。

そのとき、通りの先に下卑《げび》た男の笑い声と足音が聞こえた。見ると、浅草御門の方から歩いてくる人影が見えた。黒っぽい半纏《はんてん》と股引《ももひき》姿の男がふたり、月明りに浮かび上がっている。大工か左官であろう。酔っているらしく、ふたりはふらついていた。

牢人の方に近付いてくる。

ふたりは飲んだ後、大川端《おおかわばた》辺りで夜鷹でも抱いたのであろうか。下卑た笑いのなかに、卑猥《ひわい》な言葉が聞き取れた。

牢人は、柳の陰に身を隠したまま、

……斬っても、刀を汚すだけだな。

そうつぶやいて、ふたりの男をやり過ごした。

ふたりの男が遠ざかり、笑い声が聞こえなくなったとき、通りの先に提灯《ちょうちん》の灯《ひ》が見えた。提灯はしだいに近付いてくる。

……武士だな。

提灯の明かりのなかに、羽織《はおり》袴姿で二刀を帯《お》びた武士体の男の姿が見えた。

ふたりだった。先にたった男が提灯を手にし、武士の足下を照らしている。こちらは中間《ちゅうげん》か小者のようだ。

ふたりは、しだいに牢人に近付いてきた。

……あやつにするか。

牢人はゆっくりとした足取りで柳の陰から出ると、近付いてくる武士の行く手をふさぐように提灯の前に立った。

提灯が揺れ、「だ、旦那《だんな》さま！」と、提灯を持った男が、声を震わせて言った。中間らしい。

「何者だ！」

武士が甲走《かんばし》った声で誰何《すいか》した。

三十がらみであろうか。大柄でがっちりした体軀《たいく》だった。眉《まゆ》が太く、髭《ひげ》が濃い。武辺者《ぶへんもの》らしい厳《いか》つい面構《つらがま》えの男だった。

「名はない。……怨霊《おんりょう》かな」

牢人は、抑揚《よくよう》のない低い声で言った。

「なに、怨霊だと！」

武士は、刀に手をかけた。顔がこわばったが、恐怖や怯《おび》えの色はなかった。腕に覚えがあるのかもしれない。

武士の前に立っている中間の手にした提灯が激しく揺れ、武士と牢人とを明かりと闇とで刻《きざ》んでいる。

「成仏《じようぶつ》できずに、ひとり闇を彷徨《さまよ》っている」

言いざま、牢人は刀に手をかけた。

「ならば、おれが彼《あ》の世《よ》に送ってやろう」

武士が抜刀した。

牢人も、ゆっくりした動きで刀を抜いた。

ヒイイッ！

中間が喉《のど》を裂《さ》くような悲鳴を上げ、提灯を路傍《ろぼう》に投げ捨てて逃げだした。

ボッ、と音を立てて提灯が燃え上がり、闇を拭《ぬぐ》いとったように辺《あた》りが急に明るくなった。

武士と牢人の姿が闇のなかに照らし出され、ふたりの刀身が血濡《ちぬ》れたように赤みを帯びてひかっている。

武士の構えは青眼《せいがん》、牢人は下段。ふたりの間合は、およそ三間半――。まだ、斬撃の間境《まざかい》の外である。

牢人はゆっくりとした動きで、刀身を下段から右脇にもっていった。脇構えとは、ちがう。だらりと刀身を下げ、切っ先を地面にむけている。

牢人の両肩が下がり、全身の力が抜けていた。その構えから、気勢も覇気も感じられなかった。夜陰のなかに飄然《ひょうぜん》と立っている。それでいて、牢人の細い目には切っ先のような鋭いひかりが宿っていた。

武士の青眼に構えた切っ先は、牢人の目線につけられていた。腰の据《す》わった隙《すき》のない構えである。

ふたりは、対峙《たいじ》したまま動かなかった。

武士は全身に気勢をみなぎらせ、斬撃の気配を見せていたが、仕掛けられないでいた。ただ、つっ立っているだけに見える牢人の構えに威圧と不気味さを感じ、動けないでいたのである。

提灯から上がる炎が萎《しぼ》むようにちいさくなり、闇が幕を下ろすように辺りをつつんできた。

「こないならいくぞ！」

　牢人が抑揚のない声で言い、足裏を摺《す》るようにして間合をせばめ始めた。

　牢人の体は、まったく揺れなかった。スー、と下段に構えた刀身が迫ってくる。提灯の炎がチラチラと闇夜にひかり、刀身をかすかに照らしている。

　間合がせばまるにつれ、牢人から痺《しび》れるような剣気がはなたれ、斬撃の気配が高まってきた。

　武士の切っ先が、小刻みに揺れている。牢人の威圧感に呑《の》まれ、緊張して体が硬《かた》くなっているのだ。

　ふいに、牢人の寄り身がとまった。一足一刀の間境の一歩手前である。牢人の構えには、いまにも斬り込んでくる気配があった。

　イヤアッ！

　突如《とつじょ》、武士が甲走った気合を発した。牢人の威圧感から逃れるために、気合で己の闘気を高めようとしたのだ。

　この気合で、ふたりをつつんでいた剣の磁場が裂けた。

　と、牢人が半歩踏《ふ》み込み、左の肩先をピクッと動かし、斬撃の気配を見せた。次の瞬間、武士の全身に斬撃の気がはしった。牢人の動きを斬撃の起こりとみて、体が反応したのである。

タアアッ！

武士が気合を発し、青眼から斬り込んだ。

踏み込みざま真っ向へ――。

その切っ先が、牢人の頭頂をとらえたかに見えた瞬間、牢人の体が右手に跳《と》んだ。一瞬の体捌《たいさば》きである。

武士の切っ先が、牢人の左肩先をかすめて空《くう》を切った次の瞬間――。牢人は体をひねりながら、刀身を横一文字に払った。神速の払い斬りである。

バサッ、と武士の羽織と小袖が裂けた。あらわになった脇腹に血の線がはしり、血が噴《ふ》いた。グワッ、と呻《うめ》き声を上げ、武士が身をのけ反《ぞ》らせると、傷口がひらいて臓《ぞう》腑《ふ》があふれ出た。

武士は刀を取り落とし、両手で脇腹を押さえてうずくまった。血が指の間から赤い筋を引いて流れ出ている。

牢人は武士の脇に歩み寄ると、

「おれが、彼の世に送ってやる」

言いざま、刀身を一閃《いっせん》させた。

にぶい骨音がし、武士の首が前に落ちた。頸骨《けいこつ》を截断《せつだん》したらしく、首が垂《た》れ下がり、首根から血が赤い帯《おび》のようにはしった。首の血管《ちくだ》から噴出した血が、前方に噴出したのである。

武士はうずくまるような恰好《かっこう》のまま果てた。いっときすると、首根からは、たらたらと血が流れ出るだけになった。

牢人は刀に血振《ちぶ》り（刀身を振って血を切る）をくれると、ゆっくりとした動きで納刀した。青白い顔は気の昂《たかぶ》りでかすかに紅潮《こうちょう》していたが、無表情のままである。

牢人は脇から武士の肩先をつかんで身を起こすと、

「いただくぞ」

と言って、懐《ふところ》から財布を抜き取った。

財布は重かった。それでも銀貨が多く、四、五両しかないようだった。

牢人は財布を懐にしまうと、何事もなかったようにゆっくりと歩きだした。

去っていく牢人の後ろ姿に、目をやっている者たちがいた。三人の男である。

三人は通り沿《ぞ》いの柳の陰に立ち、牢人が武士の前に立ちふさがったときから、その場に身を隠して見ていたのだ。

ひとりは巨軀だった。修験者《しゅげんじゃ》であろうか。総髪で、口のまわりが濃い髭でおおわれていた。結袈裟《ゆいげさ》をかけ、裁着袴《たつつけ》に手甲脚半《てっこうきゃはん》、草鞋《わらじ》履きで金剛杖を手にしていた。ただ、頭に兜布《ときん》はなく、笈《おい》も背負《せお》っていなかった。見るからに剛強そうな男である。

「あやつ、できるな」

巨軀の男が胴間声《どうまごえ》で言った。

「あの男なら使える」

小柄な武士が、くぐもった声で言った。初老であろうか。鬢《びん》に白髪《しらが》が混じっていた。小袖に裁着袴で、黒鞘の大刀だけを帯びていた。胸が厚く、どっしりと腰が据わっている。武芸の修行で鍛《きた》えた体らしい。

「三郎太《さぶろうた》、あやつを尾《つ》けて、塒《ねぐら》をつきとめろ」

初老の男が言った。

「ハッ」

もうひとりの中背の男が応えた。総髪で浅黒い顔をしている。闇に溶ける柿《かき》色の筒《つつ》袖《そで》に同色の裁着袴、手甲脚半に草鞋履きである。脇差だけを腰に差していた。武士というより、忍者のような扮装《いでたち》である。

中背の男は樹陰から出ると、路傍につづく床店の陰をたどるようにして牢人の跡を尾け始めた。その姿は闇に溶け、足音をまったくたてなかった。男の方に目をやっても、気付かないだろう。

「さて、わしらも塒に帰ろうか」

初老の男が巨軀の男に声をかけ、ふたりは樹陰から通りに出た。

物言いからみて、初老の男が三人の頭格のようである。

2

鬼塚雲十郎《おにづかうんじゆうろう》は、山田浅右衛門《やまだあさえもん》（朝右衛門とも）吉昌《よしまさ》と門弟四人とともに小伝馬町《こでんま》の表通りを歩いていた。

小伝馬町の牢屋敷内で、六人の罪人の首を落とした帰りだった。浅右衛門は、世間で首斬り浅右衛門と呼ばれて恐れられている男である。

山田家は代々牢人の身であるが、『徳川家御佩刀御試御用役《とくせんけごはいとうおためしごようやく》』をつとめてきた家柄で、当主は浅右衛門を名乗った。吉昌は六代目である。

御佩刀御試御用役というのは、徳川家で所持する刀、槍、薙刀《なぎなた》などの切れ味を試す役である。

山田家が徳川家の刀槍、薙刀などに直接かかわりながら代々牢人の身だったのは、斬れ味を試すために実際に人体を斬っていたため、穢《けが》れのある仕事とみなされていたからである。

浅右衛門は、山田流試刀術の達人だった。試刀術とは、刀槍の斬れ味を試すための刀法である。山田家では代々、試刀のための刀法、稽古《けいこ》法、試刀のおりの心の持ちようなどが稽古をとおして受け継《つ》がれ、さらに磨《みが》かれてきた。その山田流試刀術を指南しているのが、山田道場である。

浅右衛門は還暦《かんれき》に近い老齢で、鬢や髷《まげ》に白髪が目立ったが、胸や腕は鋼《はがね》のような筋肉でおおわれ、どっしりと腰が据わっていた。長年、試刀術の稽古で鍛えた体である。

浅右衛門が世間で「首斬り」の異名で呼ばれて恐れられたのは、死人の体を斬って刀槍の切れ味を試していたからではない。山田家では代々、御試御用役の他にもうひとつの大事な仕事を引き受けていた。それは、幕府によって死罪に処せられる者の首斬り役である。いわば、死刑執行人でもあったのだ。この役柄から、首斬りの異名がついたのである。

「鬼塚、千住《せんじゅ》の甚兵衛《じんべえ》はなかなか豪胆だったな」

山田道場の高弟、竹倉左兵衛《たけくらさへえ》が雲十郎に話しかけた。今日も六人の罪人のうち三人の首を落としていた。

竹倉は浅右衛門の手代わりを務めるほどの腕で、今日も六人の罪人のうち三人の首を落としていた。

今日、浅右衛門と竹倉のふたりで打った首は、牢屋敷内で千住の甚兵衛と呼ばれていた盗賊の頭《かしら》と三人の子分、それに、商家から二十両の金を脅《おど》しとった遊び人、喧《けん》嘩《か》でふたりの男を刺し殺した無宿人だった。

「はい、腹の据わった男でした」

雲十郎も、甚兵衛は豪胆な男だと思った。

甚兵衛は千住で生まれ育ったことから、盗人の仲間たちに千住の甚兵衛と呼ばれていた盗賊の親分だった。三月《みつき》ほど前、隠れ家に身をひそめているところを町方に大捕物の末に捕らえられたのである。

甚兵衛の首を落としたのは、浅右衛門だった。雲十郎は、浅右衛門の助役《すけやく》を果《は》たしたのである。助役は、首打ち人の介添《かいぞ》え役である。

雲十郎は二十代後半、白皙《はくせき》で切れ長の目をしていた。鼻筋のとおった端整《たんせい》な顔立ちをしている。その顔に、憂《うれ》いの翳《かげ》があった。試刀術の稽古で死体を斬るだけでなく、罪人の斬首や切腹の介錯《かいしやく》にあたり、多くのひとの命を奪ってきたからであろうか

——。

雲十郎は、陸奥《むつ》国畠沢藩《はたざわはん》、七万五千石の家臣だった。少年のころから、剣の修行を積んできた。国許にいるとき、家の近くにあった田宮《たみや》流居合を指南する滝山彦左衛門《たきやまひこざえもん》の道場に入門し、稽古に励《はげ》んだのだ。そして、藩内で居合の遣《つか》い手として知られるようになったが、五年前、藩命を受けて山田道場に入門し、山田流試刀術を修行するようになったのである。

雲十郎が藩命を受けて出府し、山田道場に入門するようになったのには、それなりの理由があった。

雲十郎が出府する前、先手《さきて》組のある藩士が罪を犯して、切腹を命じられた。藩士は城下の寺の境内《けいだい》で腹を切ることになったが、介錯人を引き受ける者がいなかった。やむなく、先手組の物頭《ものがしら》が、当時国許で剣名の高かった富沢弥之助《とみざわやのすけ》という先手組の者に介錯を命じた。

ところが、富沢は介錯のおり大変な失態《しったい》を演じた。剣の腕はたったが、ひとを斬った経験のなかった富沢は、極度の緊張のため、あやまって後頭部に斬りつけてしまったのだ。しかも、刀を振り下ろしたとき刃筋がたっていなかったため、頭を刀で殴りつけるような恰好になってしまった。

動転した富沢は、慌てて三度、四度と斬りつけたが、首を落とせない。切腹者は血《ち》塗《まみ》れになって、地面をのたうちまわった。

仕方なく、介添え人が切腹者を押さえ付け、首を押し斬りにした。

この醜態《しゅうたい》を耳にした藩主の倉林《くらばやし》阿波守忠盛《あわのかみただもり》は、

「わが家中には、切腹の介錯をできる者もおらぬのか！」

と、激怒した。

そして、城代家老の粟島与左衛門《あわしまよざえもん》に、腕のいい介錯人を養成するように命じたのだ。

粟島は城代家老になる前、江戸の勤番だったことがあり、首斬りと異名のある浅右衛門と山田道場のことを知っていた。

粟島は、腕のいい介錯人を育てるには、出府させて山田道場に入門させるのが早道だと考えた。

そして、粟島の眼鏡《めがね》に適《かな》ったのが雲十郎だった。当時、雲十郎はまだ若かったし、藩内では田宮流居合の遣い手として知られていた。それに、雲十郎は徒組《かちぐみ》で、家禄《かろく》はわずか三十五石だった。切腹の介錯とはいえ、家禄の高い名家の者を首斬り人として養成するわけにはいかなかったのである。

そうした経緯があって、雲十郎は出府して山田道場に入門したのである。

甚兵衛は土壇場《どたんば》に引き出されたとき、面紙《つらがみ》もしていなかった。面紙というのは、死罪人が土壇場に引き出されるおりに使われる目隠しだった。顔に半紙を当てて細い藁《わら》縄《なわ》を使って額《ひたい》で縛《しば》り、紙をとめるのである。

介添え人足《にんそく》に連れてこられた甚兵衛は両眼を瞠《みひら》き、口を引き結んで、自ら土壇場に膝《ひざ》を折った。さすがに顔はこわばっていたが、喚《わめ》きも叫びもしなかった。

浅右衛門は、脇に控えている助役の雲十郎の前に刀身を差し出し、柄杓《ひしゃく》で水をかけさせた後、

「甚兵衛、何か言い遺《のこ》すことはあるか」

と、おだやかな声で訊《き》いた。

「首斬りの旦那かい」

甚兵衛が訊いた。

「いかにも」

「言い遺すことはねえが、おれの死に際《ぎわ》を訊かれたら、甚兵衛は土壇場でも顔色ひとつ変えなかったと言ってくんな」

甚兵衛は落ち着いた声で言った。

「承知した」

浅右衛門は、ゆっくりと刀を上段に振りかぶった。

「やってくれ」

そう言うと、甚兵衛は自分から首を前に突き出した。

すかさず、ふたりの介添え人足が甚兵衛の両足を押さえ、背を押してさらに首を前に突き出させた。

浅右衛門の全身に斬撃の気がはしった刹那《せつな》、閃光《せんこう》がきらめいた。

にぶい骨音がして甚兵衛の首が落ち、首根から血が赤い帯のようにはしった。

甚兵衛の首が、血溜《ちだ》めの穴の底に敷かれた筵《むしろ》の上に転がった。その首を、首根から噴出した血が赤く染めていく。

「三人の子分は、親分ほどではなかったな」

竹倉は、甚兵衛の三人の子分のうち浅吉《あさきち》という若い男を斬っていた。

浅吉は激しく身を顫《ふる》わせ、腰が竦《すく》んで自分では歩けなかった。浅吉は介添え人足に両腕をつかまれ、引き摺られて土壇場まで来た。そして、ふたりの介添え人足に無理やり座らされ、体をつかまれて何とか首を前に伸ばした。

刹那、竹倉が刀を一閃させて浅吉の首を落とした。他のふたりの子分、房造《ふさぞう》と利根《とね》助《すけ》も似たようなものだった。介添え人足が何とか土壇場に座らせ、前に半身を倒したところを、浅右衛門が首を落としたのである。

「甚兵衛には、多くの子分がいたと聞いています。盗賊とはいえ、それだけの人物だったのでしょう」

甚兵衛には、それなりの度量があったのだろう、と雲十郎は思った。

そんなやりとりをしながら歩いているうち、雲十郎たちは、日本橋川《にほんばしがわ》にかかる江戸《えど》橋《ばし》を渡って、楓川《もみじがわ》沿いの通りに出た。

通りの右手には本材木町《ほんざいもくちょう》の家々が軒《のき》を連《つら》ね、左手には楓川の川面《かわも》がつづいている。人通りは多かったが、前方に京橋川《きょうばしがわ》にかかる白魚橋《しらうおばし》が見える辺りまで来ると、まばらになってきた。

そのとき、通りの右手につづく表店《おもてだな》の間の路地から、男がひとり飛び出し、雲十郎たち一行に走り寄った。紺《こん》の半纏《はんてん》に股引姿で手ぬぐいで頰っかむりしていた。大工か左官といった感じの肌の浅黒い若い男である。

男は先頭を歩いている浅右衛門に近付くと、

「山田浅右衛門さまですかい」
と、低い声で訊いた。右手を懐につっ込んでいる。
「そうだが」
浅右衛門が足をとめ、男に顔をむけた。
このとき、雲十郎は浅右衛門から四間ほど後方を歩いていた。
……あやつ、殺気がある！
察知した雲十郎は、すばやく左手で刀の鯉口《こいぐち》を切り、男に走り寄った。
「親分の敵《かたき》！」
声を上げざま、男は懐から抜いた匕首《あいくち》を浅右衛門の胸にむかって突き出した。
瞬間、浅右衛門は上体を倒すようにして匕首をかわしたが、着物の右袖が裂けた。
走り寄った雲十郎が、
イヤアッ！
鋭い気合を発して、抜きつけた。
シャッ、という刀身の鞘走る音とともに閃光が袈裟《けさ》にはしった。
刹那、男が後ろに跳《と》んだ。俊敏《しゅんびん》な動きである。
だが、雲十郎の居合は迅《はや》く、男の肩から背にかけて着物を斬り裂いた。あらわになった男の背に血の線がはしったが、薄く皮肉を裂かれただけらしい。男の動きが速く、雲十郎の抜き打ちの斬撃が浅くなったのである。

男は驚愕《きょうがく》に目を剝《む》いたが、さらに迫ってくる雲十郎を見て、すばやく後ろへ跳んだ。

「おぼえてやがれ！」

捨て台詞《ぜりふ》を残し、男は反転して走りだした。

常人の足とは思えない速さである。見る間に、男の姿は通りの先に遠ざかった。

雲十郎は逃げる男にはかまわず、浅右衛門に、

「お師匠《ししょう》、お怪我《けが》は？」

と、訊いた。

「着物を斬られただけだ」

浅右衛門は、右袖に目をやりながら言った。袖が裂けていたが、血の色はなかった。男のふるった匕首は、肌までとどかなかったらしい。

そばに駆け寄った竹倉が、

「あやつ、何者だ！」

と、うわずった声で言った。

「わしが首を打った甚兵衛の子分のようだ。親分の敵、と言ったからな」

「とんだ筋違いだ。恨むなら、捕らえた町方を恨め」

竹倉が、いまいましそうな顔をした。

「こうした稼業は、死罪人の家族や縁者に怖がられたり恨まれたり、いろいろなことがあるものだ」

浅右衛門が、達観したように言った。

ふたりの男が楓川の岸際に立ち、遠ざかっていく雲十郎たちの後ろ姿に目をやっていた。

小柄な武士が、かぶっている網代笠《あじろがさ》の端を摘《つま》んで持ち上げながら、

「居合を遣った男が、鬼塚雲十郎か」

と、訊いた。小袖に裁着袴で、黒鞘の大刀だけを帯びていた。この男、柳原通りで、辻斬りを見ていた三人の男のなかのひとりである。

「あやつが、鬼塚です」

中背の男が答えた。この男も、三人のなかのひとりだった。三郎太と呼ばれた男だが、扮装がちがっていた。黒の半纏に股引姿で、手ぬぐいで頬っかむりしていた。町

人の恰好である。必要に応じて、身を変えるらしい。

「匕首で斬りつけた男は？」

小柄な男が訊いた。

「何者か知れません」

「あやつも、使えそうだ。塒をつきとめてくれ」

「ハッ」

三郎太は、すぐに走りだした。

小柄な男は、その場を走り去る三郎太の背に目をやりながら、

「仕掛けるには、もうすこし仲間が欲しい」

と、つぶやいた。

3

座敷のなかは、夕闇につつまれていた。月夜らしく、戸口の腰高障子《こしだかしょうじ》が月光を映じて青白くひかっている。

佐久《さく》裕三郎《ゆうざぶろう》は助右衛門《すけえもん》店《だな》の座敷のなかほどに座し、貧乏徳利《びんぼうどっくり》の酒を手酌で飲んで

いた。家のなかは静かだったが、長屋のあちこちから住人たちの声や腰高障子をあけしめする音などが聞こえてきた。

六ツ半（午後七時）ごろだった。長屋では、男たちが仕事から帰り、夕餉《ゆうげ》も終えて、家族でくつろいでいるときかもしれない。

……いまごろだったな、香江《よしえ》が死んだのは。

佐久は、酒の入った湯飲みを手にしたままつぶやいた。

三年ほど前、香江は大川端が夕闇につつまれるころ、死んだのである。

香江は、佐久が初めて心を寄せた女だった。香江はふたりの男に凌辱《りようじよく》され、佐久との仲を引き裂かれて懐剣で喉を突いたのである。

佐久は御家人の次男に生まれた。少年のころから剣で身を立てようと思い、本郷《ほんごう》にあった家の近くの一刀流、草川佐五郎《くさかわさごろう》の道場に通った。草川は下谷練塀《したやねりべい》小路にあった中西《なかにし》派一刀流の道場に長年通って精妙を得、独立して本郷に町道場をひらいたのである。

佐久は剣の天稟《てんぴん》があったのか、二十歳を越えるころには草川道場でも師範代と互角《ごかく》に打ち合えるほどの腕になった。

草川道場に、村島泉七郎《むらしませんしちろう》という男が通っていた。佐久より三つ年上の兄弟子《あにでし》である。佐久は泉七郎と親しくなり、家が同じ方角にあったため、ふたりで帰ることが多かった。

香江は泉七郎の妹で、佐久よりひとつ年下の十七歳だった。目鼻立ちのととのった美人である。

佐久は道場からの帰りに泉七郎の家に立ち寄ることがあり、香江ともときおり顔を合わせていた。

香江は雪のような白い肌をし、ほっそりした身体に花柄の着物がよく似合っていた。

ふたりは何度か言葉をかわすうち、しだいに心を通わせるようになった。

香江は兄を迎えにいくことを口実にして、道場近くまで来て佐久と待ち合わせ、逢《あい》引《びき》することもあった、逢引といっても道場から自分の家へ帰るまでの間、ふたりで話すだけである。それでも、ふたりにとっては心を通じ合わせることのできる掛け替えのないひとときであった。

ところが、香江に横恋慕《よこれんぼ》する者がいた。泉七郎の藩の上役の横田孫四郎《よこたまごしろう》と須賀山裕《すがやまゆう》助《すけ》である。ふたりは、道場の帰りに香江の姿を見つけて懸想《けそう》したらしく、道場近くで香江を見掛けると、強引《ごういん》に言い寄ることがあった。

そして、横田と須賀山は、香江が佐久に思いを寄せていることを知ると、手籠《てご》めにしても、香江をわがものにしようとした。

横田と須賀山が力ずくでも香江を奪おうとしたのは、日頃から泉七郎と佐久に反感を持っていたこともあるらしい。

ふたりは、旗本の次男だった。横田家が二百石、須賀山家は二百五十石である。ふたりには、泉七郎と佐久とは身分がちがうという思いがあった上に、道場では弟子のふたりにかなわなかったのだ。それで、ふたりに憎悪《ぞうお》と反感を持っていたのである。

ある日、横田と須賀山は、村島家の門前近くの物陰に身を隠し、香江が姿をあらわすのを待った。

そして、道場にむかった香江の跡を尾けて途中で襲い、近くの古刹《こさつ》の人気《ひとけ》のない境内《けいだい》に連れ込んで凌辱したのだ。しかも、香江に今後も自分たちの相手をしなければ、このことを佐久に話すと脅したのである。

それから五日後、香江は懐剣で喉を突いた。

佐久は香江の自害が信じられなかった。香江の死ぬ十日ほど前、道場の帰りに香江と逢ったときは、それらしい素振りをまったく見せず、嬉《うれ》しそうに微笑《ほほえ》みながら佐久と話していたのである。

佐久は香江の兄の泉七郎にも会って、香江がなぜ自害したのか訊いた。だが、泉七郎は、

「おれにも、分からないのだ。おまえに、心当たりはないのか」

と、逆に訊いたのである。

そのとき、泉七郎は、

「……香江に、何かあったことはまちがいない。死ぬ四、五日前から、香江は部屋に籠《こも》りっきりで、食事もまともにとらなかったからな」

と、佐久に話した。

泉七郎から話を聞いた佐久は、香江が死ぬ五日前に災難に遭ったのではないかと思った。それも、家族にも知られたくないような災難である。

佐久は、その日、道場の帰りに香江と逢うことになっていたのを思い出し、

……もしや、道場に来る途中、香江は自害せねばならないような目に遭ったのではないか。

と、思い当たった。

その日から、佐久は香江が自分の家から道場へ来るまでの道筋を歩き、通り沿いの

店や通りかかった者などに、香江が死ぬ五日前、その姿を見かけなかったか訊いて歩いた。

道場に向かう香江の姿を見かけた者はいたが、災難につながるような話は聞けなかった。ところが、佐久が聞き込みを始めて三日後、草川道場に通う望月《もちづき》という若い門弟が、

「その日、横田どのと須賀山どのが、娘さんと話しているのを見かけましたよ」

と、口にした。

「どんな様子だった」

すぐに、佐久が訊いた。

「娘さん、嫌がって逃げようとしていました。……横田どのと須賀山どのは、娘さんの手をつかんで、仙光寺《せんこうじ》の方に連れて行こうとしていたようです」

望月は、かかわりあいになりたくないので、その場から急いで離れたという。仙光寺は、通り沿いにある古刹である。

……香江は、横田たちに手籠めにされたのだ！

佐久は察知した。

その日、草川道場の午後の稽古が終わってから、佐久は横田が道場を出るのを目に

して、跡を尾けた。そして、人影のない寂《さび》しい通りまで来てから、

「横田どの、待ってくれ」

と声をかけ、後ろから駆け寄った。

横田は立ちどまり、佐久を目にすると、

「佐久か。……おれに、何か用か」

と、顔に警戒《けいかい》と憎悪の色を浮かべて言った。

「よ、香江さんを、須賀山どのとふたりで、仙光寺に連れ込みましたね」

佐久の声は、怒りで震えた。横田を目の前にして、抑えていた怒りが胸に突き上げてきたのだ。佐久の顔はこわばり、目は血走っていたにちがいない。

「お、おれには、何のことか分からんな」

横田は佐久の剣幕にたじろいだようだが、顎《あご》を突き出すようにしてうそぶいた。

「香江さんを、無理やり連れて行くのを見た者がいるのだ」

佐久は横田を睨《にら》みつけて言った。

「だれが見たのか知らぬが、そやつ、見間違ったのだろうよ」

横田は、そこをどけ！　と怒鳴《どな》り、強引に歩きだそうとした。

「よ、横田どのと、須賀山どのを知っている者が、はっきり見たのだ」

佐久は、横田の前に立ちふさがった。腹の底から、さらに激しい怒りが突き上げてきて声が震えた。

「前をあけろ！」

横田が怒鳴った。

「通さぬ」

佐久は横田の前に立ちふさがった。

「佐久、弟弟子の分際で、何をする気だ」

「斬る！」

佐久は、刀の柄に手をかけた。横田と会うまで、斬るつもりはなかった。だが、横田と話しているうち憤怒《ふんぬ》が抑えられなくなってきた。

「な、なに！」

横田の顔が恐怖でゆがんだ。

「許せぬ！」

叫びざま、佐久は抜刀した。逆上し、己を失っていた。

「よ、止《よ》せ……」

後じさりながら、横田も刀を抜いた。

横田は青眼に構えたが、腰は引けて刀身がワナワナと震えていた。

イヤアッ!

いきなり、佐久がけたたましい獣の咆哮《ほうこう》のような気合を発し、踏み込みざま真っ向に斬り込んだ。

咄嗟《とっさ》に、横田は佐久の斬撃を受けようとしたが、間に合わなかった。

佐久の切っ先が、横田の真額をとらえた。

横田の額から鼻筋にかけて縦に血の線がはしった次の瞬間、額が割れ、おびただしい血と脳漿《のうしょう》が飛び散った。

横田は目尻《めじり》が裂けるほど両眼を瞠《みひら》いたまま血を流し、その場に棒立ちになったが、すぐに腰からくずれるように転倒した。

横田は悲鳴はおろか、喘鳴《ぜんめい》も洩《も》らさなかった。佐久の一撃で、即死したのである。

翌日、佐久は屋敷を出た須賀山の跡を尾けて襲った。

佐久が、横田を斬殺したことを須賀山に話し、ふたりが香江に何をしたかあらためて訊くと、須賀山は香江との経緯を話した上で、

「み、見逃してくれ。魔が差したのだ」

と、恐怖に声を震わせて訴えた。

「許せぬ！」

言いざま、佐久は刀をふるった。

佐久は須賀山を斬殺すると、いったん自分の家にもどり、わずかな金と衣類だけを持って家を出た。

横田と須賀山を斬り殺した以上、家にとどまることはできなかった。家を出ることで、佐久家に累《るい》が及ばないようにしたかった。それに、家にいても草川道場に通うことは許されないし、家に居場所もなかったのだ。

佐久は家を出たが、竮も口を糊《のり》する術《すべ》もなかった。やむなく、寺社の軒下などで雨露を凌《しの》ぎながら、陽が沈むと大川端や柳原通りなどに出て、辻斬りをして金品を得るようになった。

佐久は、辻斬りのおりに武士しか狙わなかった。佐久は、あくまで金目当ての辻斬りではなく、剣の立ち合いだと思いたかったのだ。まだ、武士の矜持《きょうじ》が残っていたのかもしれない。

それに、武士を狙う利点もあった。まず、町方だが、幕臣や江戸勤番の藩士が斬り合いで殺されたとみると、ほとんど探索をしなかった。幕臣や大名家の家臣は、町奉行所の支配外だからである。さらに、殺された者の家でも、あまり騒ぎ立てせずにことを収めようとした。何者か知れぬ者と立ち合って斬り殺されたとなると、家名に疵《きず》がつくし、家の跡を継ぐことにも支障が出る。そのため、できれば急病で亡くなったことにしたい家が多かったのである。

その後、佐久は飲み屋で知り合った牢人の手蔓《てづる》で、神田小柳《こやなぎ》町の助右衛門店に住みつき、いまに至っている。

4

いつの間にか、座敷は夜陰につつまれていた。

佐久は手にした湯飲みの酒を飲み干《ほ》すと、

「行灯《あんどん》に火を点《つ》けるか」

とつぶやき、腰を上げようとした。そのとき、戸口に近付いてくる足音を耳にし、座り直した。

足音はふたりだった。ヒタヒタと近付いてくる。聞き慣れた長屋の者の足音ではない。

佐久は立ち上がって、座敷の隅《すみ》に置いてある刀を手にした。佐久はこれまでに多くの武士を斬り殺してきた。親兄弟の敵として狙っている者もいるだろう。

足音は、腰高障子の向こうでとまった。

「佐久どのは、おられるか」

くぐもった声が聞こえた。武士らしい物言いである。

「何者だ」

佐久は左手で刀の鍔元《つばもと》を握り、鯉口を切った。

「それがし、田原玄十郎《たはらげんじゅうろう》ともうす。佐久どのに、頼みがあってまいったのだが、あけてもよろしいか」

男の声には、おだやかなひびきがあった。

佐久は敵意を持っている者たちではないと思い、刀を脇に置いてから、

「入ってくれ」

と、声をかけた。

腰高障子があいて、小柄な初老の武士と中背の武士が姿を見せた。ふたりとも黒羽織に袴姿である。軽格の御家人か、江戸勤番の藩士らしかった。

ふたりは、佐久が柳原通りで、武士を斬って金を奪ったのを見ていた三人のうちのふたりである。中背の男は、これまでとちがって武士に身を変えていた。

……こやつできる！

佐久は、初老の武士を見て察知した。

武士は小柄だが、胸が厚く、どっしりと腰が据わっていた。佐久はその体を見て、武芸の修行で鍛えたものだとすぐに分かった。それに、武士の動きに隙《すき》がなかった。

「そちらの御仁《ごじん》は？」

佐久は、中背の武士に目をやって訊いた。

中背の武士も身構えに隙がなく、ひどく敏捷そうだった。この男も、武芸の修行を積んだようだ、と佐久はみていた。

「江添《えぞえ》三郎太でござる」

中背の武士が名乗った。

「して、それがしに何の用でござる」

佐久が訊いた。

「その前に、ここに腰を下ろしてよろしいかな。どうも、土間に立ったままでは……」

田原が口許に笑みを浮かべて言った。

「腰を下ろしてくれ」

「では、遠慮《えんりょ》なく」

田原は両刀を鞘ごと抜くと、佐久に背をむけて上がり框《かまち》に腰を下ろし、両刀を右脇に置いた。すると、三郎太も田原の脇に膝を折った。

田原たちふたりは、話しづらいこともあったのだろうが、それより両刀を右脇に置いて佐久に背中をむけることで、敵意のないことを知らせたのである。

「それで、用件は」

佐久が、声をあらためて訊いた。

「佐久どのに、手を貸してもらいたい」

田原が言った。

「手を貸すとは？」

佐久は、田原が何をしようとしているのか見当もつかなかった。

「そこもとが、柳原通りで武士を斬るのを見ていたのだ」

田原がこともなげに言った。

「なに……」

佐久は左脇に置いてあった刀をつかんだ。

「そのとき、この御仁なら遣えると踏《ふ》んで、訪ねてまいったのだ」

田原は、後ろを振り向きもしなかった。

佐久は刀から手を離した。田原も三郎太も、まったく敵意がないと分かったからである。

「おれに何をやらせようというのだ」

佐久が訊いた。

「ある男を斬ってもらいたい」

田原が低い声で言った。

「その者の名は言えぬのか」

「まだな」

「相手が何者か知らぬが、おれなどに頼まず、そこもとたちで斬ったらどうだ」

佐久は、田原と三郎太の腕ならよほどの遣い手でなければ、後《おく》れをとるようなことはないとみたのである。

「われらふたりにも、手に余るのだ」

「それほどの遣い手か」

「しかも、ふたりいてな。ひとりは、居合の達人、もうひとりは鏡新明智流《きょうしんめいち》の遣い手だ」

「そのふたりをおれに斬らせようというのか」

「むろん、相応の礼はする」

「うむ……」

　佐久は、迷った。辻斬りより骨のある相手と勝負ができるらしいが、得体の知れぬ田原や三郎太の仲間として動きたくなかったのである。

「辻斬りで、一晩物陰に立ってどれほどになる。うまくひとり斬って、十両。それとも二十両になるときもあるかな。……わしの頼んだ相手をひとり斬れば、百両渡してもいい。それに、手筈《てはず》はこちらでととのえる」

　田原が淡々とした口調で言った。

「百両な」

　悪くない稼《かせ》ぎだ、と佐久は思った。それに、辻斬りではなく、剣の立ち合いとして斬れるかもしれない。長屋を出て、借家に塒を変えることもできそうだ。佐久は、住人たちに暮らしぶりがあからさまになる長屋を出たいと思っていたのである。

「どうだな。嫌なら、わしらはこのまま消える。そこもとは、何もなかったことにすればいい」

「いいだろう」

佐久は、引き受けてもいいと思った。

「それは有り難《がた》い」

田原が佐久に顔をむけ、相好《そうごう》をくずした。

「ただし、こちらにも条件がある」

「条件とは？」

「頼まれた相手を斬ってもいいが、おぬしたちの仲間にくわわるつもりはない。おれは、いままでどおり、好きなところに住み、勝手に出歩き、思いのままに酒を飲む。それでよければ、引き受けよう」

「よかろう」

「それで、相手は」

佐久があらためて訊いた。

「ひとりは、山田浅右衛門の門弟の鬼塚雲十郎。首斬りの剣はともかく、田宮流居合の達者だ」

「鬼塚な……」

佐久は、山田浅右衛門のことは知っていたが、雲十郎の名を聞いたことはなかった。

「もうひとりは、馬場新三郎《ばばしんざぶろう》。陸奥国の畠沢藩の藩士で、鏡新明智流をよく遣う」

「馬場新三郎な。その男も、聞いた覚えはないが」

佐久は首をひねった。田原たちが百両も出して頼むのだから、江戸でも名の知れた剣客《けんかく》ではないかとみていたのだ。

「ふたりとも、遣い手だ」

田原が念を押すように言った。

すると、それまで黙って聞いていた三郎太が、

「手筈がととのい次第《しだい》、それがしが知らせにまいる」

と、言い添えた。

「承知した」

「では、そのとき――」

田原が言い、ふたりは腰を上げた。

5

馬場新三郎は、赤坂《あかさか》の溜池《ためいけ》沿いの道を赤坂御門の方にむかって歩いていた。ふたり

の徒士《かち》とともに、徒士頭の大杉重兵衛《おおすぎじゅうべえ》に従っていたのだ。馬場は畠沢藩の徒士である。

「不審な者はいないようだが……」

大杉が通りの左右に目をやりながら言った。大杉は四十がらみだった。面長で目が細く頤《おとがい》が張っている。

通りの右手には茅《かや》や葦《あし》などが茂《しげ》り、その先には溜池の水面《みなも》がひろがっていた。陽は西の空にまわり、夕陽を浴びた水面が淡い茜《あかね》色に染まっていた。その水面の先には、大名屋敷の殿舎《でんしゃ》の甍《いらか》が、折り重なるようにつづいている。

通りの左手には桐の植えられた地がつづき、大きな葉をつけた桐が生《お》い茂っていた。通りには、ぽつぽつ人影があった。仕事を終えた出職の職人や大工、供連れの武士などが、足早に通り過ぎていく。

「修験者ふうの男だったと言ってましたが」

馬場が言った。

昨日、畠沢藩の江戸家老、小松東右衛門《こまつとうえもん》が所用で赤坂に出向いたおり、溜池沿いの通りで、うろんな修験者ふうの男に跡を尾けられたと話したのだ。

跡を尾けられたという話は、昨日だけではなかった。五日前は、江戸勤番の大目付の先島松之助が溜池沿いの道を通ったときに、網代笠をかぶった武士体の男が跡を尾けてきたらしいのだ。

　大杉は、畠沢藩の重職が同じ場所で二度も跡を尾けられたと聞いて、放っておけなくなり、配下の馬場たちを連れて見回りに来たのである。

　畠沢藩の場合、徒士頭は江戸にひとり、国許にひとりいた。徒士の主な仕事は、藩主の外出のおりの身辺警護である。現在、藩主の倉林阿波守忠盛は、参勤交代で国許にもどっていた。そのため、徒士の多くは、国許にいた。それでも、徒士は江戸の藩邸にいる重臣、正室、嫡子《ちゃくし》などの外出時にも警護にあたるので、徒士頭の大杉をはじめ相応の徒士たちが江戸勤番として任についていたのである。

「何者かな」

　大杉が首をひねった。

「身装《みなり》からみて、家中の者とはちがうようです」

　馬場が辺りに目を配りながら言った。

　馬場は六尺ちかい偉丈夫《いじょうふ》だった。顔が赭黒《あかぐろ》く、眉や髭が濃かった。厳つい顔をしていたが、丸い大きな目に愛嬌《あいきょう》があり、何となく憎めない顔付きでもある。

　そんな話をしながら、馬場たちは赤坂御門の前まで来た。そろそろ暮れ六ツ（午後六時)になるだろうか。陽は沈み、西の空には茜色の夕焼けがひろがっていた。

「どうしますか」

馬場が、大杉に訊いた。

「屋敷にもどろう。……暗くなる前に、屋敷に帰りたいからな」

畠沢藩の上屋敷は、愛宕《あたご》下にあった。赤坂からそう遠くないが、藩邸に着くまでに暗くなるかもしれない。

馬場たちは、来た道を引き返した。前方左手に、溜池の岸辺近くにある稲荷《いなり》の祠《ほこら》が見えてきたとき、大杉に従っていた飯山富之助《いいやまとみのすけ》という若い徒士が、

「後ろから、だれか来ます」

と、うわずった声で言った。

見ると、異様な風体の巨軀の男が小走りに近付いてくる。網代笠をかぶり、金剛杖を手にしていた。

「あやつだ!」

大杉が声を上げた。

巨軀の男は結袈裟を掛け、裁着袴に手甲脚半姿だった。修験者のような恰好である。

「おれたちを襲う気か」

馬場が言った。巨軀の男は尾行しているのではなかった。身を隠すこともなく、馬場たちに迫ってくる。

「前にもいる！」

もうひとりの徒士、繁田茂助《しげたもすけ》が叫んだ。

ひとりではなかった。四人である。前方にある稲荷の鳥居をくぐって、四人の男が通りに出てきたのだ。四人のうちの三人は、黒の頭巾《ずきん》をかぶり顔を隠していた。三人とも、武士らしい。小袖に股立をとった袴で、二刀を帯びていた。もうひとりは町人であろうか。手ぬぐいで頰っかむりしていた。小袖を裾高に尻《しり》っ端折《ぱしょ》りし、股引姿である。

四人は前方から小走りに近寄ってきた。

「おれたちを襲う気だ！」

大杉が叫んだ。

馬場はすばやく左右に目をやった。逃げ道を探したのである。右手は大名の下屋敷の築地塀《ついじべい》がつづき、左手は溜池沿いの地で茅や葦などが群生していた。

……逃げ道はない！

茅や葦の繁茂しているなかに逃げ込んでも、すぐに追い詰められるだろう。馬場は、闘うしかないと思った。

「築地塀を背にしろ!」

馬場が叫んだ。

人数は味方が四人、敵が五人である。人数だけなら、背後にさえまわられなければ、互角に闘えると踏んだのだ。

馬場たち四人は、築地塀を背にした。大杉をなかにして、右手に馬場、左手に飯山と繁田が立った。

飯山と繁田の顔はこわばり、目がつり上がっていた。ふたりともそこそこの遣い手と聞いていたが、真剣での闘いは初めてなのかもしれない。

五人の男はばらばらと走り寄り、馬場たち四人をとりかこむようにまわりこんだ。いずれも顔は見えなかったが、体軀や身構えなどに見覚えはなかった。畠沢藩の者ではないようだ。

馬場の前に立ったのは、巨軀の修験者ふうの男だった。馬場も六尺はあろうかという偉丈夫だが、対峙した男は馬場よりさらに大きかった。網代笠の下に、口のまわりをおおっている濃い髭が見えた。

「何者だ！」

大杉が鋭い声で誰何した。

大杉は顔をこわばらせていたが、恐怖や怯《おび》えの色はなかった。徒士頭らしい鋭い眼光で、前に立った小柄な武士を睨むように見すえている。

「問答無用！」

小柄な武士が、刀を抜いた。

すると、他のふたりの武士も抜刀し、町人は懐から匕首を取り出した。

6

「うぬの頭、ぶち割ってくれよう！」

巨軀の男が、吼《ほ》えるような声を上げ、手にした金剛杖の先を馬場にむけた。

……こやつ、できる！

馬場は巨軀の男の身構えを見て察知した。

金剛杖の先が、ピタリと馬場の目線につけられている。腰の据わった構えで、隙がなかった。

る。馬場は青眼に構え、切っ先を男の喉元にむけた。気魄《きはく》に満ちた隙のない構えである。馬場は、鏡新明智流の遣い手だった。

ふたりの間合は、およそ三間半——。まだ、金剛杖の打突の間合の外だった。

「行くぞ!」

巨軀の男が、間合をせばめ始めた。

ズッ、ズッと、男の足元で地面を摺る音がひびいた。男は足裏を摺りながら、間合をつめてくる。

金剛杖の構えが、すこしもくずれなかった。杖の先が、馬場の目線につけられたまま迫ってくる。馬場は、そのまま杖の先が眼前に迫ってくるような威圧を感じた。間合がせばまるにつれ、しだいに巨軀の男の全身に気勢がみなぎり、打突の気配が高まってきた。

馬場は威圧を感じたが、怯《ひる》まなかった。男の喉元にむけた剣尖《けんせん》に気魄を込め、斬撃の気配を見せた。気攻《きぜ》めである。

ふたりの間合はさらにせばまり、金剛杖と剣の気の攻防が激しくなった。ここまで間合がせばまると、気を抜いた瞬間、敵の攻撃を受けることになる。

ふいに、巨軀の男の寄り身がとまった。金剛杖の一足一撃の間合に入っている。

ツッ、と金剛杖の先が伸びた。瞬間、巨軀の男の全身に打突の気がはしった。

次の瞬間、巨軀がさらに膨《ふく》れ上がったように見え、

タアリャッ！

裂帛《れっぱく》の気合とともに、金剛杖が唸《うな》りを上げて真っ向へ振り下ろされた。

間髪《かんはつ》をいれず、馬場は、

オオッ！

と、鋭い気合を発し、青眼から刀身を袈裟に払った。一瞬の太刀《たち》捌きである。

金剛杖が馬場の頭頂を打つ直前、馬場の刀身が巨軀の男の金剛杖を払った。

が、馬場が後ろによろめいた。巨軀の男の強い打撃に押され、腰がくずれたのである。

馬場の背が築地塀に当たり、動きがとまった。

「もらった！」

叫びざま、巨軀の男が金剛杖をふるった。

振りかぶりざま、ふたたび真っ向へ――。

唸りを上げて、金剛杖が馬場の頭頂を襲う。

……受けられぬ！

頭のどこかで感知した馬場は、咄嗟に体を右手に倒した。体が、勝手に反応したのである。

ガツ、と耳元で音がし、左腕に激痛がはしった。

巨軀の男の金剛杖の先が馬場の背後の築地塀に当たったが、同時に馬場の二の腕も打っていた。

馬場はさらに右手に跳んで、巨軀の男の金剛杖の攻撃を避けた。

巨軀の男は、すばやい動きで馬場の前にまわり込んできた。巨軀とは思えない敏捷な動きである。

馬場はふたたび青眼に構え、切っ先を巨軀の男の喉元にむけた。その切っ先が、小刻みに震えている。左腕に激痛があり、力が入り過ぎて震えているのだ。それでも、左腕は動く。骨には異常がないようだ。

「よくかわしたな。だが、次はかわせぬぞ」

巨軀の男が、胴間声で言った。髭だらけの口許に、薄笑いが浮いている。

そのときだった。馬場の左手にいた飯山が、馬場の助太刀をしようとして巨軀の男の方に踏み込んだ。その動きを目の端でとらえた巨軀の男は、金剛杖を横に払った。一瞬の反応である。

ギャッ！　という絶叫が上がった。飯山の顔がゆがみ、側頭部が柘榴《ざくろ》のように割れている。巨軀の男の金剛杖をあびたのである。

飯山だけではなかった。繁田の右袖も裂け、腕が血に染まっていた。大杉も、武士のひとりに切っ先をむけられ、後じさっている。

……このままでは、皆殺しになる！

と、馬場は思った。

イヤアッ！

突如、馬場は裂帛の気合を発し、抜き身を引っ提《さ》げたまま左手に走った。

……なんとしても、お頭を助けねばならぬ！

と、思った。馬場の任務は、大杉の警護をすることである。

大杉と対峙していたのは、小柄な武士だった。小柄だが胸が厚く、どっしりと腰が据わっていた。

……こやつも、遣い手だ！

馬場は、武士の構えを見てすぐに察知した。

小柄な武士は青眼に構えていたが、その剣尖にそのまま眼前に迫ってくるような威圧感があった。

「おれが、相手だ」

馬場は小柄な武士に切っ先をむけた。

だが、巨軀の男がすばやい動きで、馬場の右手にまわり込んできた。そして、金剛杖の先を馬場にむけた。

……太刀打ちできぬ！

と、馬場は思った。巨軀の男と小柄な武士が相手では、勝負にならない。

対峙した小柄な武士が、すこしずつ間合をせばめてきた。

馬場との間合は、およそ三間半――。まだ、一足一刀の間境の外だが、しだいに斬撃の気配が高まってきた。

同時に、右手の巨軀の男も動いた。足裏を摺るようにして間合をせばめてくる。

馬場は後じさった。背後の築地塀との間は、一間ほどである。

そのとき、馬場は通りの先に馬蹄《ばてい》の音を聞いた。見ると、騎馬の武士が十人ほどの供を従えて、こちらに歩いてくる。大身の旗本らしい。

……こちらに、来てくれ！

馬場は、胸の内で叫んだ。騎馬の武士に助けてもらおうと思ったのだ。

ジリジリと馬場は後じさった。何とか時を稼いで、騎馬の武士の一行が近付くのを待つのである。

騎馬の武士の一行が、馬をとめた。まだ、三十間ほど離れている。白刃を手にして向き合っている男たちを見て、馬をとめたらしい。従者たちも、男たちに目をむけているようだ。

これを見た大杉が、

「お助けくだされ！　追剝《おいは》ぎでござる！」

と、大声で助けを求めた。

「追剝ぎでござる！」

馬場も、叫んだ。

と、右手にいた巨軀の男が、黙れ！　と叫びざま、いきなり馬場に金剛杖をふるった。

杖が唸りを上げて馬場の頭上へ――。

咄嗟に、馬場は左手に跳んで金剛杖の一撃をかわし、体をひねりながら刀を袈裟に払った。

巨軀の男は後ろに跳んで、馬場の切っ先から逃れた。巨軀とは思えない俊敏な体捌きである。

カツ、カツ、と馬蹄の音がひびき、男たちの足音が迫ってきた。騎馬の武士と従者の家士たちが駆け寄ってくる。すでに、家士たちのなかには、抜き身を引っ提げている者もいた。

「引け!」

小柄な武士が声を上げた。すぐに反転し、近付いてくる武士たちの反対方向に走りだした。これを見た他のふたりの武士と町人も後じさり、切っ先をむけていた繁田たちから間合をとり、反転して駆けだした。

「助かった……」

大杉が抜き身を引っ提げたまま言った。

そこへ、騎馬の武士と従者の家士たちが、近寄ってきた。

「どうされたな」

騎馬の武士が訊いた。四十がらみの大身の旗本らしい武士である。

「お助けくだされ、まことにかたじけなく――」

そう言って、大杉は騎馬の武士に頭を下げてからつづけた。

「それがしらは、畠沢藩の者でござる。あの者たちが、いきなり物陰から飛び出し、襲いかかってきたのでござる」

大杉がかいつまんで事情を話し、あらためて武士の名を訊いた。日をあらためて、礼に伺《うかが》うつもりらしい。

「この先に、屋敷のある者だ。……たまたま、通りかかっただけのこと。気に掛けることはない」

武士は、気をつけて帰られい、と言い置き、従者たちを連れてその場を離れた。

すぐに、大杉と馬場は築地塀を背にして屈《かが》み込んでいる飯山と繁田のそばに走り寄った。

飯山は深手だった。側頭部を割られ、着物がどっぷりと血を吸っていた。いまも、傷口から激しく出血している。

繁田も右の二の腕を斬られていたが、こちらは浅手のようだった。

馬場と大杉とで、飯山に応急手当てをした後、

「急ぎ、藩邸にもどるぞ」

と、大杉が言った。

馬場と繁田とで飯山を助けながら、愛宕下の藩邸にむかった。

第二章　修験者《しゅげんじゃ》

1

「なに、飯山どのは亡くなったのか」

雲十郎が驚いたような顔をした。

「昨夜な」

馬場が、肩を落として言った。

雲十郎と馬場は、外桜田山元町《そとさくらだやまもと》にある町宿《ちょうじゅく》にいた。町宿というのは、藩邸に入れきれなくなった大名の家臣が住む、市井《しせい》の借家などのことである。

雲十郎は、馬場とふたりで町宿の借家に住んでいたのだ。雲十郎は出府したおり、馬場の住む借家に同居させてもらった。理由は、馬場と同じ徒士だったことと、馬場の町宿が山田道場のある平川《ひらかわ》町の隣町にあったからである。道場に通うには、もってこいの場所だったのだ。

「そうか」

雲十郎は、馬場から三日前に溜池沿いの道で五人の男に襲撃され、いっしょにいた飯山が深手を負ったという話を聞いていた。

「それで、明日、鬼塚も藩邸に来てもらいたいそうだ」

馬場が言った。

雲十郎は徒士ではあったが、徒士としての任務は免除《めんじょ》され、山田道場に通うことを許されていた。藩の介錯人として、斬首のための剣を磨くためである。

「分かった」

雲十郎は徒士の仕事はやらなかったが、これまでも畠沢藩にかかわる事件が起こったおり、大杉や大目付の先島などの指示で動いていたのだ。


翌朝、雲十郎と馬場は、通いで来てくれている下女のおみねが支度してくれた朝餉を食べ終えると、すぐに愛宕下の藩邸にむかった。

藩邸の裏門から入ると、目付組頭の浅野房次郎《あさのふさじろう》が待っていて、雲十郎たちを大目付の先島松之助の小屋に連れていった。小屋は藩邸内にある重臣のための独立した住居のことで、屋敷のように座敷がいくつもある。

小屋には、先島のほかに江戸家老の小松東右衛門、徒士頭の大杉、それに小宮山宗助《こみやまそうすけ》の姿もあった。小宮山は、国許で目付組頭をしている男である。

雲十郎と馬場は、小宮山を知っていた。以前、雲十郎たちは国許から出府した小宮山とともに、事件の探索《たんさく》にあたったことがあったのだ。ふたたび、小宮山は国許から江戸に出てきたようだ。

雲十郎が座して先島や小松に頭を下げると、

「鬼塚、また、手を貸してもらうことになりそうだぞ」

と、小松が小声で言った。

小松は五十がらみだった。面長で鼻梁《びりょう》が高く、切れ長の細い目をしていた。その目に能吏《のうり》らしい鋭いひかりが宿っている。

「まず、小宮山から話してくれ」

先島が、小宮山に目をやって言った。

「それがし、国許の御城代とお頭の秋山《あきやま》さまのお指図《さしず》で、出府しました」

小宮山が緊張した面持ちで言った。

御城代は城代家老、粟島与左衛門のことで、秋山は国許にいる大目付の秋山弥七郎《やしちろう》である。どうやら、小宮山は重大な任務を帯びて出府したらしい。

「まず、出家された広瀬《ひろせ》さままですが、城下にある興安寺《こうあんじ》に籠っております。……ただ、甥《おい》の寺山勘之丞《てらやまかんのじょう》さまや鬼仙流《きせんりゅう》一門の田原玄十郎などが出入りしていたらしく、油断はできないようです」

小宮山が言った。

広瀬益左衛門《ますざえもん》は国許で次席家老だった男である。広瀬は江戸で年寄の要職にいた松村《まつむら》喜右衛門《きえもん》と結託《けったく》し、江戸の廻船問屋で畠沢藩の蔵元でもある大松屋《だいまつや》との取引きにかかわり、不正の疑いがあった。

江戸の大目付の先島や目付組頭の浅野たちが、大松屋にかかわりのあった江戸勤番の藩士たちを探り、広瀬や松村の不正があきらかになろうとしていた矢先、広瀬は先手を打って年寄の職を辞して隠居し、さらに出家してしまった。一方、年寄の松村は追い詰められ、江戸の藩邸で腹を切って自害した。そうしたこともあって、広瀬の追及は頓挫《とんざ》し、そのままになっていたのだ。

畠沢藩の場合、年寄は、藩内の訴訟《そしょう》、賞罰、および内政を総括《そうかつ》している家老に次ぐ重職だった。年寄は国許と江戸にひとりずついる。

広瀬の甥の寺山は、国許で側用人《そばようにん》の要職にあった。側用人は藩主に近侍《きんじ》して側役や小姓《こしょう》などを配下にし、奥向《おくむき》を支配している。

「鬼仙流の田原まで、出入りしていたのか」

馬場が驚いたような顔をして訊いた。

鬼仙流は、畠沢藩の領内にある剣術道場で指南されている。鬼仙流をひらいたのは、荒山鬼仙斎《あらやまきせんさい》である。鬼仙斎は若いころ修験者だったが、武芸を好み、修験道の修行ではなく兵法者のように諸国をまわりながら剣術の修行を積んだ。

そして、畠沢藩の領内の山間《やまあい》の僻村《へきそん》に住み着き、己の修行を積むと同時に鬼仙流の道場をひらいて門人たちに指南した。

道場といっても、鬼仙斎の住む茅屋の庭が稽古場で、ときには野原や森林のなかなども稽古に使うことがあった。また、門弟たちは山間に住む郷士、猟師、筏師《いかだし》などの子弟で、畠沢藩士はほとんどいなかった。

鬼仙流は敵をいかに斬殺するかを追求した剣法で、構えや刀法、武器などにはあまりこだわらなかった。そのため、道場での竹刀による試合には弱いが、真剣勝負には強いとの評判があった。また、槍、薙刀、杖なども指南し、門弟のなかには剣よりも槍や薙刀などに巧《たく》みな者もいる。

その鬼仙斎が、松村の命を受けて刺客《しかく》として出府し、先島や雲十郎の命を狙った。雲十郎や馬場たちは、鬼仙斎や他の刺客たちと闘って斃《たお》し、広瀬や松村の陰謀《いんぼう》を阻止《そし》したのである。

田原玄十郎は鬼仙流の道場の師範代格で、道場主の鬼仙斎に次ぐ遣い手として知られていた。その男が、国許で出家している広瀬と接触していたという。

「その田原ですが、一月ほど前から領内で姿を見かけなくなったのです」

小宮山が言った。

「どういうことだ」

大目付の先島が訊いた。

先島は四十代半《なか》ば、中背で瘦《や》せていた。面長で目が細く、鼻筋がとおっている。武芸とは縁のなさそうな体付きだが、細い双眸《そうぼう》には大目付らしい鋭いひかりが宿っていた。

「秋山さまは、田原は広瀬さまか寺山さまの命を受けて出府したのではないかとみておられます」

「なに、出府したと!」

大杉が声を上げた。

「また、ご家老や先島さまのお命を狙うつもりか」

そう言って、浅野が顔をけわしくした。

「それだけでなく、江戸で斃された鬼仙斎の敵を討つつもりではないかとみていま す」

「ならば、鬼塚やおれも狙われるな」

馬場が言った。

そのとき、小宮山と先島や馬場とのやりとりを聞いていた雲十郎が、

「馬場たちを襲った五人のなかに、田原らしい男はいなかったのか」

と、訊いた。一月ほど前に出府したとすれば、すでに江戸で活動しているのではないかとみたのである。

「武士らしい男は、三人いたが……。いずれも頭巾をかぶっていたので、顔は分からないな」

馬場が三人の体軀を話すと、大杉もうなずいた。大杉も、襲った五人を見ていたのである。

「小柄な男かも知れない。……田原は小柄だが、胸が厚く、どっしりとした腰をしていると聞いている」

小宮山が言った。

「そやつだ！　おれの前に立った男は、小柄で厚い胸をしていた」

大杉が昂《たかぶ》った声で言った。

「やはり、田原たちが大杉どのや馬場たちの命を狙ったようだ」

と、浅野。

「ところで、巨漢の修験者もいたが、そやつも鬼仙流の一門ではないか」

馬場が訊いた。

「そうかもしれん。そもそも、鬼仙斎は修験者だったと聞いているからな。鬼仙流一門に修験者がいてもおかしくはない」

小宮山によると、修験者のことは聞いていないが、鬼仙流の道場には廻国修行の武芸者や修験者などが立ち寄ることもあるという。

小宮山の話がとぎれると、これまで黙って聞いていた小松が、

「今度、江戸詰になった年寄の松井田藤兵衛《まついだとうべえ》だが、国許の寺山とは縁戚《えんせき》関係にあるそうだな」

と、訊いた。

三月ほど前、松井田は切腹した松村の後釜《あとがま》として江戸詰の年寄に赴任《ふにん》したのである。

「松井田さまの奥方は、寺山さまの妹と聞いております」

「すると、寺山は松井田の義兄になるわけか。当然、両家の親戚付き合いはあったわけだな」

「親しく付き合われていたように聞いております」

小宮山が言った。

次に口をひらく者がなく、いっとき座敷は沈黙につつまれたが、

「ところで、大松屋だが、ちかごろ変わった動きはあるか」

と、小松が声をあらためて先島に訊いた。

これまで、蔵元で廻船問屋の大松屋は広瀬や松村と結びつき、藩の専売である米、木材、木炭、漆《うるし》などの廻漕、販売などをめぐって不正を行っているのではないかとの疑いがあった。ところが、大松屋が藩の専売品を一手に扱い、藩の財政に大きくかかわっていたため、大松屋と手を切ることはむろんのこと、不正をあばくために強い姿勢で探索に当たることもできないでいた。

そのため、江戸詰の小松や先島などが中心になって大松屋に代わる廻船問屋を探し、段階的に大松屋との取引きを縮小しようとしていたのである。

「これといった動きは、ありませんが」

先島が言った。

「大松屋から目を離すな。かならず、何か手を打ってくるぞ」

めずらしく、小松が語気を強くして言った。

2

「鬼塚、グッとあけろ」

馬場が貧乏徳利を手にして言った。

雲十郎と馬場は、山元町にある借家の縁側で貧乏徳利の酒を飲んでいた。夕餉の後、馬場が、どうだ、一杯やらんか、と言い出し、ふたりして縁側へ出たのである。

静かな月夜だった。五ツ（午後八時）ごろであろうか。人声も物音も聞こえず、辺りはひっそりと夜の静寂《しじま》につつまれている。

雲十郎は湯飲みの酒をかたむけた後、

「馬場も飲め」

と言って、貧乏徳利の酒をついでやった。

「鬼塚、気になっていることがあるのだがな」

馬場が湯飲みを手にしたまま言った。顔が赭黒く染まっている。馬場は酒好きだがあまり強くなく、飲むとすぐ顔が赤くなるのだ。

「なんだ」

「溜池沿いの道で、おれたちを襲ったのは五人なのだ。鬼仙流の田原といっしょに修験者が江戸に出てきたとしても、他に三人もいる。しかも、三人とも藩士には見えなかった。……三人は何者だろうな」

馬場が首をひねった。

「うむ……」

雲十郎も、他の三人が何者なのか、まったく見当がつかなかった。それに、五人の他にも仲間がいるかもしれない。

「大杉さまやおれを狙ったのだろうが、これで、済んだとは思えんな。鬼塚も狙ってくるだろうし、ご家老や先島さまもあぶない」

馬場が顔をけわしくして言った。

「馬場のいうとおりだが、いまのままでは手の打ちようがないな」

相手の人数もはっきりしないし、隠れ家も分からない。いまは、先島や小松が出歩くおりに、敵の襲撃にそなえて警護の者を増やすぐらいしか手はないだろう。

「ひとりでも、居所が知れれば、つかまえて吐かせる手もあるんだがな」

そう言って、馬場が手にした湯飲みを膝先に置こうとしたとき、戸口の方でかすかな足音がした。忍び足である。しかも、ふたりいるようだ。

た。

「おい、だれか来るぞ」

馬場が目を剝いて言った。夜陰のなかに、大きな目が白く浮き上がったように見え

雲十郎は、無言のまま傍《かたわ》らに置いてあった大刀をつかんだ。馬場も湯飲みを置いて、刀を手にした。ふたりは息を詰めて、足音のする方を見つめている。

ふたりの足音が近付き、夜陰のなかにぼんやりと黒い人影が見えた。そして、月光を映じた青白い顔が浮かび上がった。

「ゆいどのだ！」

馬場が声を上げた。

梟組《ふくろうぐみ》のゆいだった。ほっそりしたしなやかそうな体を、闇に溶ける柿色の筒袖と同色の裁着袴でつつんでいる。

もうひとりは、小柄でずんぐりした男だった。丸顔で、目が糸のように細い。地蔵のような顔をしていた。まだ、二十歳そこそこと思われる。

畠沢藩には、梟組と呼ばれる隠密《おんみつ》組織があった。城代家老の許に、家中から剣、槍、手裏剣《しゆりけん》、人並はずれて身軽な者、変装術などに長《た》けた者など、隠密活動に適した者たちをひそかに集めて組織された集団である。身分は様々で、足軽や小者のような

身分の低い者のなかからも集められていた。

その集団は闇にひそみ、表に姿をあらわさないことから、梟組と呼ばれている。

ゆいと若い男は、縁先の地面に片膝をつくと、

「鬼塚さま、馬場さま、お久し振りでございます」

ゆいが、小声で言った。色白で鼻筋がとおり、黒瞳《くろめ》がちの目をしていた。髪は無造作に後ろで束《たば》ねている。

雲十郎と馬場は、梟組やゆいのことを知っていた。これまでも、梟組の者とともに闘ってきたのだ。

梟組の者たちは、国許の城代家老、粟島の命で動いていた。粟島は、雲十郎や馬場が江戸家老の小松や大杉の指図で動いていることを知っていて、江戸で梟組が必要とみるとひそかに出府させ、雲十郎や馬場と接触させていたのだ。

雲十郎たちは梟組の者に何度も助けられていたし、雲十郎たちが梟組の者を助けたこともある。

「そこもとは?」

雲十郎が、若い男に目をむけて訊いた。初めて見る顔である。

これまで、ゆいは小頭の渋沢百蔵《しぶさわももぞう》という男とともに行動していた。その百蔵は国許

にもどったので、この男があらたに出府したのかもしれない。

「小弥太《こやた》にございます。小頭のゆいどののお指図で、動いております。お見知り置きを」

若い男が小声で言った。

小弥太という名らしい。もっとも、梟組の者は本名を名乗らなかった。ゆいも百蔵もそうだが、梟組としての名である。小弥太も、そうであろう。

「ゆいは、小頭になったのか」

雲十郎がゆいに訊いた。

「は、はい……。小弥太より、先に出府していたからです。それに、江戸にいる梟組の者はわたしと小弥太だけですから」

ゆいが、恥ずかしげな顔をして言った。小頭といっても、配下は小弥太ひとりと言いたいのであろう。

「鬼塚さま、馬場さま、われらは、おふたりにお知らせしておくことがあってまいったのです」

ゆいが、声をあらためて言った。梟組の小頭らしいひきしまった顔付きである。

「話してくれ」

「国許から鬼仙流の田原玄十郎が、江戸に来たのはご存じでしょうか」

ゆいが訊いた。

「出府した小宮山どのから聞いている」

ゆいは、小宮山のことも知っていた。

「田原の他に三人の男が、江戸に入ったようです」

ゆいは、小弥太の方に顔をむけ、「小弥太から話して」と小声で言った。

小弥太はちいさくうなずくと、

「ひとりは、修験者の念岳《ねんがく》です」

と、糸のように細い目で雲十郎と馬場を見つめながら言った。

「そやつ、巨漢だな」

すぐに、馬場が訊いた。

「六尺を超える大兵で、金剛杖を巧みに遣います」

「おれたちを襲ったやつだ」

馬場が、溜池沿いの道で襲われたことをかいつまんで話した。

「馬場さまたちが襲われたことも、耳にしております」

ゆいが、小声で言った。

「他のふたりは？」

雲十郎が話の先をうながした。

「ひとりは、山之内《やまのうち》恭三郎《きようざぶろう》。長年、広瀬の家士だった男です。広瀬の命で、出府したとみています」

「山之内な。……遣い手なのか」

雲十郎が訊いた。

「剣は、それほどの腕ではないようです。江戸の藩士や大松屋との連絡をとるために、広瀬が出府させたとみています」

小弥太が言った。どうやら、小弥太は国許で探ったことを、江戸のゆいや雲十郎たちに知らせるためもあって出府したらしい。

「もうひとりは？」

「分かりません。鬼仙流一門の者らしいのですが……」

小弥太が語尾《ごび》を濁《にご》した。はっきりしないようだ。

「そうか」

いずれにしろ、田原をはじめ四人の者が江戸に潜伏《せんぷく》し、藩邸にいる小松たち重臣と雲十郎や馬場の命も狙っているようだ。

「ところで、ゆいどの。おれたちを襲った五人のなかに田原と念岳はいたようだが、ほかにも武士がふたり、それに町人体の男がひとりいたのだ。その者たちが、何者か分かるか」

馬場が訊いた。

「そのことで、ございます。……田原や山之内たちは江戸に出てから、腕のたつ武士と仲間たちの繋ぎ役などに使う町人を集めているようです」

ゆいが、顔をけわしくして言った。

「厄介《やっかい》だな」

雲十郎がつぶやいた。馬場や大杉たちを襲った五人のなかのふたりの武士は、田原たちが江戸で集めた武士かもしれない。腕のたつ牢人か、御家人の子弟などではあるまいか。町人も田原たちが江戸で集めたひとりであろう。おそらく、金を使って仲間に引き入れたにちがいない。

「田原や仲間たちの隠れ家は、分かっているのか」

雲十郎が訊いた。

「まだです。いま、探っておりますので、つかんだらお知らせします」

そう言うと、ゆいは立ち上がった。

すぐに小弥太も立ち上がり、ゆいが、「これにて――」と言い残し、ふたりして夜陰のなかへ去っていった。

縁側に残った雲十郎と馬場は、いっときゆいたちの姿が消えた夜陰に目をやっていたが、

「鬼塚、まだ飲むか」

馬場が、気乗りのしない声で訊いた。

「今夜は、寝よう」

「そうだな」

ふたりは、貧乏徳利と湯飲みを手にして立ち上がった。

3

雲十郎の目の前に、二枚の畳《たたみ》が立ててあった。二枚の畳の間に、一寸ほどの隙間がある。

雲十郎は二枚の畳の脇に立ち、真剣を上段に振りかぶった。立ててある二枚の畳の隙間に斬り込むのである。

以前、雲十郎は鬼仙流の鬼猿《おにざる》と名乗る刺客と立ち合ったことがあった。鬼猿は広瀬たちが差し向けた刺客である。

鬼猿は二刀を遣った。あまり長さの違わない大小を両手に持ち、大小の切っ先を敵の喉元にむける構えをとった。

雲十郎は喉元にむけられた二刀の剣尖の間が、一寸ほどあいているのを見てとり、その一寸の隙間に縦に斬り込んで、鬼猿を斃した。そのとき遣ったのが、山田流試刀術の「軒《のき》の蜘蛛《くも》」とか「軒蜘蛛」と呼ばれる技である。いや、技というより教えといった方がいい。

軒先から、スーと下がる蜘蛛の糸のごとく、刃筋をたてて真っ直ぐ斬り下ろせということである。刃筋をたてて斬り込むための教えであると同時に、刀を振り下ろすとき、軒から下がる蜘蛛を脳裏《のうり》に描くことで、雑念を捨て去ることができるのだ。

雲十郎は、鬼猿と対峙したとき、軒の蜘蛛を脳裏に描いて雑念を払い、鬼猿の二刀の剣尖のわずか一寸ほどの隙間に斬り込むことができた。

……縦稲妻《たていなずま》を遣ってみる。

雲十郎は、上段から真っ直ぐ斬り下げる太刀を縦稲妻と名付けていた。稲妻のごとく迅く、鋭く斬り込むという意味である。

雲十郎が遣う居合の技のなかに横一文字に払う横霞《よこがすみ》と称する太刀があったので、その横霞に対して縦稲妻と名付けたのである。

雲十郎は気を静め、脳裏に軒先から細い一本の糸で垂《た》れ下がっていく蜘蛛を思い描いた。

スー、と蜘蛛は下がっていく。

その蜘蛛が、二枚の畳の間に入った瞬間――。

タアッ！

雲十郎は鋭い気合を発し、刀を上段から斬り下ろした。

刀身がきらめいた瞬間、スッと二枚の畳の間に消え、膝先ほどの高さでとまった。

雲十郎が手の内を絞って刀をとめたのだ。

藁屑《わらくず》ひとつ落ちていない。刀が畳に触れることなく、一寸の隙間に斬りおろしたのである。

……だが、縦稲妻だけでは役に立たない。

雲十郎が、胸の内でつぶやいた。

縦稲妻は刀を抜き、上段に振りかぶってからの技だった。鬼猿のように二刀を持って、特殊な技を遣う者には威力があるが、尋常《じんじよう》な刀法でむかってくる者にはあまり役にたたないだろう。刀を抜いて上段に振りかぶる前に敵が仕掛けてきたら、縦稲妻を遣うこともできないのだ。

雲十郎の遣う居合は、刀を抜かずに敵と向かい合ったときに威力を発揮する。刀を抜いて上段に振りかぶらないと遣えないのでは、居合の良さが生かされない。

……横霞からつなげてみよう。

と、雲十郎は思った。

居合の横霞と上段に振りかぶってからの縦稲妻を連続して遣うのである。

雲十郎は、畳の端から一歩身を引いて立った。左手で刀の鯉口を切り、右手を柄に添えて居合腰に沈めた。

気を静め、一歩先の二枚の畳の一寸の隙間に、軒先から蜘蛛が垂れ下がっていくのを脳裏に思い描いた瞬間——。

イヤアッ！

鋭い気合を発し、雲十郎が抜刀した。

シャッ、という刀身の鞘走る音がし、腰元から閃光が横一文字にはしった。

迅い！

抜きうちざまに敵の胸のあたりを斬る横霞である。

すかさず、雲十郎は一歩踏み込みながら上段に振りかぶり、タアッ！　という短い気合を発し、真っ向へ斬り下ろした。

横霞から縦稲妻へ――。

ザバッ、と音がし、藁屑が辺りに飛び散った。

雲十郎の刀身は、二枚の畳の間に斬り込んでいたが、わずかに刀身がそれ、一枚の畳の端を斬りとったのだ。それに、真っ向へ斬り下ろした二の太刀には、稲妻と呼べるような迅さも鋭さもなかった。

……これでは、駄目だ。

雲十郎は、上段から斬り下ろす太刀に威力はなく、剣の心得のある者なら難なくかわせるだろうと思った。

……いま、一手。

雲十郎はふたたび畳の端から一歩下がり、居合の抜刀体勢をとった。

今度は、二枚の畳の間に垂れ下がる蜘蛛を脳裏に描かず、青眼に構えた敵の姿を思い浮かべた。

雲十郎は鋭い気合を発し、横一文字に抜きつけると、すばやく一歩踏み込み、脳裏に敵の顔を思い描き、真っ向へ斬り込んだ。

横霞から縦稲妻へ——。

ザッ、と音がし、また藁屑が飛んだ。さきほどよりすくなかったが、また畳の縁《へり》を斬り裂いていた。それに、二の太刀に稲妻と呼べるような迅さがない。

また、雲十郎は畳の端から一歩下がり、居合の抜刀体勢をとった。

雲十郎は繰り返し繰り返し、横霞から縦稲妻への連続技の稽古をつづけた。次第に迅く、畳の縁も斬らずに斬り込めるようになってきたが、真剣勝負で威力を発揮するにはまだまだである。

それから、雲十郎は一刻（二時間）ほど稽古をつづけ、道場内が淡い夕闇につつまれてきたころ、刀を鞘に納めた。すでに、道場内にいるのは、雲十郎ひとりである。他の門弟は稽古を切り上げて道場を出ていた。

山田道場では他の剣術道場とちがって独《ひと》り稽古が多いため、稽古の決まった時間はなかった。門弟たちにまかせていた。それでも、夕暮れどきまで稽古をつづける者はまれだった。

雲十郎は道場のつづきにある着替えの間で、汗で濡れた稽古着を着替えてから道場を出た。辺りは淡い夕闇に染まっている。

山田道場のある平川町の町筋は、ひっそりとしていた。通り沿いの表店も店仕舞いして表戸をしめている。人影はすくなく、遅くまで仕事をした職人ふうの男や仕事帰りに一杯ひっかけたらしい酔った男などが、ときおり通りかかるだけである。

通り沿いの町家がとぎれ、雑草の茂った空き地になっているところまで来たとき、雲十郎は路傍の欅《けやき》の樹陰に立っている男を目にとめた。

牢人であろうか。総髪で、黒鞘の大刀を一本だけ、落とし差しにしていた。小袖に袴姿だった。羊羹色の袴はよれよれである。

牢人は、ひとり飄然《ひょうぜん》と立っていた。青白い痩せた顔が、薄闇のなかにぼんやりと浮かび上がっている。

……あやつ、辻斬りか。

雲十郎は牢人の身辺に異様な殺気があるのを感じとった。

牢人はゆっくりとした動きで、樹陰から通りに出ると、雲十郎の行く手をふさぐように道のなかほどに立った。

4

「おれに、用か」

雲十郎が足をとめて訊いた。

「おぬし、山田道場の鬼塚か」

牢人がくぐもった声で訊いた。

面長で、細い目をしていた。肉をえぐり取ったように頰がこけている。生気のない顔だが、雲十郎にむけられた細い目には、闇にひそんで獲物《えもの》を待つ狼のような鋭いひかりが宿っていた。

「いかにも」

辻斬りではなさそうだ、と雲十郎は思った。雲十郎のことを知っているようである。ただ、男の身辺には殺気が漲《みなぎ》っていた。

雲十郎は、牢人から四間半ほどの間合をとったまま動かなかった。遠間《とおま》にとったまま、牢人の出方を見ようとしたのだ。

「おぬしの名は」

雲十郎が誰何した。

「おれは、怨霊だよ。……成仏できずに、ひとり闇を彷徨っている」

牢人が低い声で言った。

「その怨霊が、おれに何か用か」

「おぬしを斬る」

言いざま、牢人は刀に手をかけた。

「なに……。おれに恨みでもあるのか」

「恨みはないが、おぬしの遣う居合と勝負してみたい」

牢人は、ゆっくりとした動きで刀を抜いた。

「やるしかないようだな」

雲十郎は、左手で刀の鯉口を切り、右手を柄に添えると、居合腰に沈めて抜刀体勢をとった。

まだ、ふたりの間合は四間半ほど――。居合の抜きつけの一刀をはなつ間合からは遠かった。

牢人は下段に構えた。そして、ゆっくりとした動きで、刀身を右脇にもっていった。だらりと刀身を下げている。脇構えでも下段でもなかった。牢人独自の構えである。

……妙な構えだ。

と、雲十郎は思った。

牢人はぬらりと立っていた。両肩が下がり、全身の力が抜けている。その構えから気勢も覇気も感じられなかった。ただ、刀を脇に垂らしているだけに見える。それでいて、全身から痺《しび》れるような殺気をはなっていた。

雲十郎は、抜刀体勢をとったまま動かなかった。牢人の構えが異様だったので、どう仕掛けてくるか見ようとしたのである。

「この間合では、どうにもならぬな」

いくぞ、と牢人が、小声で言って、足裏を摺るようにして間合をせばめ始めた。

牢人の構えは、まったくくずれなかった。刀身を右脇に垂らしたまま、雲十郎に迫ってくる。

……横霞を遣う！

雲十郎は、横霞を遣ってみようと思った。両腕を下げた構えでは、横一文字に払ってくる太刀はかわしづらいはずである。

間合がせばまるにつれ、牢人からはなたれる剣気はさらに高まり、斬撃の気が満ちてきた。

雲十郎は気を静めて、牢人との間合を読んでいた。居合は抜刀の迅さと敵との間積もりが命である。敵が、抜きつけの一刀をはなつ間合に入った瞬間をとらえ、抜刀するのだ。

ジリジリと、牢人が居合をはなつ間合にせまってきた。

ふいに、牢人の寄り身がとまった。居合をはなつ間合まで、あと一歩である。牢人も、居合の間合を読んでいたらしい。

……来ぬなら、おれから行く！

雲十郎が頭のどこかで思い、一歩踏み込もうとした瞬間だった。

つッ、と牢人の右足が半歩前に出た。その瞬間、牢人の全身に斬撃の気がはしった。同時に、雲十郎の体が躍《おど》った。

イヤアッ！

鋭い気合を発し、雲十郎が抜きつけた。

シャッ、という刀身の鞘走る音とともに、閃光が横一文字にはしった。

迅い！　神速の横霞の一刀である。

その切っ先が、牢人の下げた両腕をとらえたかに見えた瞬間、牢人の体が後ろに跳んだ。すばやい体捌きである。

雲十郎の切っ先が、牢人の両袖をかすめて空を切った。

次の瞬間、牢人は一歩踏み込みながら、刀身を横に払った。一瞬の払い斬りである。

咄嗟に、雲十郎は上体を後ろに倒すようにして、牢人の切っ先をかわしたが、わずかに間にあわず、右袖が横に裂けた。ただ、切っ先は肌までとどいていなかった。

雲十郎は大きく後ろに跳んで間合をとると、上段に構えた。抜刀してしまったので、居合は遣えない。

……見切りの剣か！

雲十郎は牢人の遣う剣が読めた。

牢人は敵の斬撃を見切って切っ先をかわし、間髪をいれずに斬り込んでくるのだ。刀をだらりと垂らして構えているのは、敵に斬り込ませる誘いらしい。敵の斬撃をかわして斬り込む後《ご》の先《せん》の太刀である。

「居合が抜いたな」

牢人の口許がゆるんだ。笑ったのであろうか。ただ、雲十郎にむけられた細い目には、切っ先のように鋭いひかりが宿っている。

「おれには、抜いてからの剣もある」

雲十郎は、縦稲妻を遣うつもりだった。ただ、縦稲妻だけでは、威力は半減するだろう。

「ならば、上段からの太刀、みせてもらおうか」

牢人はふたたび刀を右脇に垂らし、足裏を摺るようにして間合をせばめ始めた。

雲十郎と牢人との間合が、一足一刀の間境に迫ってくる。

雲十郎は、上段に構えたまま牢人との間合を読んでいた。二枚の畳の隙間に垂れ下がる蜘蛛のように斬り込むのである。

そのときだった。つづいて、雲十郎の背後で複数の足音がし、「斬り合いだ！」という叫び声が聞こえた。「辻斬りだぞ！」「おい、お侍が腕を斬られているぞ！」とふたりの別の声がした。三人いるらしい。

ふいに、牢人の寄り身がとまった。まだ、斬撃の間境の外である。

雲十郎は後じさり、さらに牢人との間合をとってから、後ろを振り返って見た。

三十間ほど後方に、町人が三人立っていた。大工であろうか、いずれも揃いの半纏に黒股引姿だった。道具箱をかついでいる男がひとりいた。三人で仕事帰りに一杯ひっかけ、帰りがいまになったのかもしれない。

「おい、近くの番屋に知らせるか」

ひとりの年配らしい男が、声高に言った。

すると、牢人は口許に薄笑いを浮かべ、

「邪魔が入ったな」

つぶやくような声で言い、さらに間合をとってから刀を鞘に納めた。

「鬼塚、勝負をあずけたぞ」

牢人はゆっくりとした動きで踵《きびす》を返すと、懐手をして歩きだした。夕闇に染まった通りを飄然と歩いていく。

雲十郎は遠ざかっていく牢人の背を見ながら、

……恐ろしい男だ。

と、胸の内でつぶやいた。

5

「鬼塚、手を貸してくれんか」

大杉が雲十郎に言った。

愛宕下にある藩邸の先島の小屋だった。座敷に、六人の男がいた。先島、大杉、雲十郎、馬場、浅野、それに国許から出府した小宮山だった。

今朝、雲十郎は馬場に、

「お頭や先島さまから話があるそうなので、藩邸に来てくれ」

と言われ、ふたりで藩邸に足を運んできたのである。

大杉の話によると、明後日、江戸家老の小松が小網《こあみ》町にある廻船問屋の川崎屋《かわさきや》に出向くので、警護にくわわって欲しいというのだ。

「承知しました」

雲十郎はすぐに応えた。

雲十郎の役柄は徒士だが、藩の介錯人になるために徒士としての任務は免除され、山田道場に通うことを許されていた。そうはいっても、大杉は雲十郎の頭であり、家老の警護となれば、断ることはできなかった。

「ちかごろ、藩邸付近で、様子をうかがっているうろんな男がいるらしい。それで、念のためにな」

浅野が言い添えた。

「うろんな男とは？」

雲十郎が訊いた。

「町人でな、旅まわりの薬売りのような恰好をしているらしい。藩邸の表門の近くで、藩の者が何度か見かけたのだ」

浅野によると、同じ藩士ではないが、その薬売りらしい男を見かけた者が、四、五人いるそうだ。しかも、その男は、門から出た小松の跡を尾けたこともあるという。そのとき、小松は近くにある松浦藩《まつうらはん》という大名屋敷に出かけただけなので、何事もなかった。松浦藩は駿河《するが》国に領地のある大名で、小松は浦垣宗右衛門《うらがきそうえもん》という江戸家老と面識があるという。

「おれたちが襲われたこともある。そやつらが、御家老を襲ってくるかもしれん」

大杉が、顔をきびしくして言った。

「川崎屋は、藩と何かかかわりがあるのですか」

雲十郎は、川崎屋のことを知らなかった。

「川崎屋は大松屋と並ぶ大店でな。……商《あきな》いが手堅《てがた》いことで、知られた店らしい。ご家老は、大松屋の後釜に川崎屋を考えているらしいのだ。それで、とりあえず、あるじと会って話を聞いてみるらしい」

先島が声をひそめて言った。

雲十郎は黙ってうなずいたが、そういうことならなおのこと、田原たちに襲われる恐れがあると思った。

「さきほど話したご家老が出向かれた松浦藩だがな、川崎屋が蔵元をしているらしいのだ。それで、ご家老は様子を聞きにいかれたのだ」

大杉が言った。

「そうですか」

どうやら、江戸家老の小松は本気で大松屋から川崎屋への鞍替《くらが》えを考えているらしい。当然、国許の城代家老の粟島とも連絡を取り合って、話を進めているはずである。

小松がわざわざ川崎屋まで出向くのも、自分の目で川崎屋を見ておきたいという気持ちがあるのだろう。

そうであれば、なおのこと小松が狙われる恐れは大きくなる。国許の広瀬や大松屋は、小松の動きを押さえようとするはずである。

「徒士組から、あらたに腕のたつ者を六人出すつもりでいる。ご家老の乗る駕籠《かご》の前後をかためるのだ」

大杉が、語気を強くして言った。

これまでも、襲撃の恐れのあるときは通常の警護にくわえ、人数を増やして駕籠の前後に警護の者をつけていた。

「目付からも、四人出す」

先島が言った。

家老の外出時の通常の警護にくわえ、十人増えることになる。それに、雲十郎と馬場もくわわるのだ。

「それがしと鬼塚は、どこにつきますか」

馬場が訊いた。

「ふたりは、駕籠の両脇をかためてもらいたい」

大杉が、雲十郎と馬場に目をむけて言った。どうやら、徒士頭の大杉が警護の指揮《しき》をとるらしい。

「心得ました」

馬場が言い、雲十郎もうなずいた。

警護にくわわる者の話が一段落したところで、

「ところで、小宮山どの、過日、痩せた牢人体の武士に立ち合いを挑《いど》まれたのだが、心当たりはないかな」

と、雲十郎が訊いた。国許から出府した鬼仙流一門の者ではないかと思ったのだ。

「名は分からないのだな」

「名乗らなかったが、自ら怨霊と称していた」

「怨霊だと！」

馬場が驚いたように声を上げた。

雲十郎は馬場に道場の帰りに牢人体の男に立ち合いを挑まれたことを話してあったが、怨霊と名乗ったことまで口にしなかったのだ。

その場にいた小松や先島も、驚いたような顔をして雲十郎に目をむけた。

「まったく、心当たりはないが……」

小宮山は顔をこわばらせて首をひねった。

「すると、江戸の者か……」

雲十郎は、田原たちが江戸で仲間に引き入れたひとりかもしれないと思った。

それから、雲十郎たちは当日の小松の警護についてこまかい手筈を相談した。先島と小宮山はくわわらず、大杉、浅野、雲十郎、馬場、それに目付と徒士のなかから選ばれた者たちで警護することになった。

……ゆいと小弥太にも話しておこう。

と、雲十郎は思った。ふたりなら、前もって小松の通る道筋を探っておくこともできるだろう。

6

その日は、曇天《どんてん》だった。朝から、雲が空をおおっていた。ただ、雨の心配はなさそうだ。西の空の雲は薄く、しだいに晴れてきそうな雲行きである。

小松を乗せた駕籠の一行は、午後になってから愛宕下の藩邸を出た。陸尺《ろくしゃく》が四人、中間と小者がそれぞれ四人従った。

警護はいつになく大勢だった。雲十郎と馬場をくわえ、総勢十八人である。駕籠の先棒の前に大杉と六人の藩士がたち、後棒の後方に四人ついた。馬場と雲十郎は、駕籠の両脇についている。

これまでも、重臣の乗った駕籠の警護のとき、腕のたつ馬場と雲十郎が両脇についたことがあった。飛び道具で駕籠を狙われたり、物陰から飛び出して槍で駕籠を突かれたりするのに備えたのである。警護の者が駕籠の両脇を守っていれば、そうした飛び道具や槍で狙うのもむずかしくなるからだ。

他の五人は、駕籠から三十間ほど前を歩いた。斥候《せっこう》役を兼《か》ねている。通り沿いの物陰に身を隠している者はいないか探るのである。

藩邸を出た駕籠の一行は、大名屋敷や大身の旗本屋敷などがつづいている大名小路から東海道《とうかいどう》に出て北に進んだ。人通りの多い通りを選んで、日本橋の小網町にむかったのである。

東海道は、旅人をはじめ行商人、供連れの武士、駄馬を引く馬子《まご》、駕籠かき、雲水《うんすい》、巡礼など、様々な身分の者たちが行き交《か》っていた。

一行が芝口橋《しばぐちばし》（新橋《しんばし》）を過ぎて出雲《いずも》町に入り、しばらく進んだとき、雲十郎は駕籠の前方を歩いている女の門付《かどづけ》（鳥追《とりおい》）を目にとめた。派手《はで》な花柄の着物姿で菅笠《すげがさ》をかぶり、三味線《しゃみせん》を手にしている。

鳥追と呼ばれるのは正月だけで、その時は着物を新しくして編笠をかぶったようだ。正月以外は門付と呼ばれ、菅笠をかぶっている。

……ゆいのようだ。

と、雲十郎は察知した。

ゆいは、賑やかな町筋を歩くとき門付に変装することがあった。雲十郎は、門付姿のすらりとしたゆいの後ろ姿に見覚えがあったのだ。

ゆいは、雲十郎より半町ほど先を歩いていた。日本橋に向かう東海道は人通りが多く、ゆいの姿はときおり駕籠や荷を積んだ駄馬などの陰になって見えなくなったが、見失うことはなかった。三味線を手にしたゆいの姿は目立つのだ。

……何かあれば、知らせるはずだ。

ゆいは駕籠の先を歩き、不審な者はいないか目を配っているにちがいない。

駕籠の一行は日本橋を渡ってから右手におれ、日本橋川沿いの道を東にむかった。賑やかな魚河岸《うおがし》のある通りを過ぎて入堀にかかる荒布橋《あらめばし》を渡ると、小網町一丁目に出た。ここまで来ると、人影はまばらになり、日本橋川の汀《みぎわ》の石垣を打つ流れの音が聞こえてきた。小網町は、一丁目から三丁目まで川沿いにつづいている。

「無事に川崎屋に着きそうだな」

馬場が、雲十郎に声をかけた。

「ここまで来れば、襲われることもあるまい」

川崎屋は、小網町三丁目にあった。川沿いの道を南にむかって歩けばすぐである。

やがて、駕籠の一行は川崎屋の店先に着いた。土蔵造りで二階建ての大きな店である。脇に船荷をしまう倉庫があり、裏手には白壁の土蔵があった。

その辺りは行徳《ぎょうとく》河岸に近いこともあって、廻船問屋や米問屋などの大店が並んでいたが、そうしたなかでも川崎屋は目を引く大店である。繁盛《はんじょう》しているらしく、印半纏姿の奉公人、船頭、商家の旦那ふうの男などが頻繁《ひんぱん》に出入りしていた。

駕籠が着くと、すぐに手代《てだい》らしい男がふたり店から出てきて、小松と大杉、それに警護の藩士たちを店内に案内した。陸尺や中間などは、別の奉公人が裏手に連れていった。従者の控《ひか》えの場も用意されているのだろう。

店の土間まで出迎えた番頭の盛蔵《もりぞう》が、小松と大杉を奥の座敷に招じ入れた。一方、雲十郎たち警護の者は、手代に別の座敷に案内された。そこは、帳場に近い大きな座敷である。

雲十郎たちが座敷に腰を下ろすと、すぐに女中が茶菓を運んできた。畠沢藩の家老の来訪にそなえて接待《せったい》の準備をしていたらしい。店側も、畠沢藩との取引きに期待しているようだ。

小松は奥の座敷で、川崎屋のあるじの惣右衛門《そうえもん》と向かい合って座していた。大杉は小松の脇に控えている。

惣右衛門は、五十がらみであろうか。恰幅《かっぷく》がよく、艶《つや》のいい赤ら顔をしていた。唐《とう》桟《ざん》の羽織と子持ち縞《じま》の小袖、渋い葡萄《えび》茶《ちゃ》の角帯をしめていた。いかにも、大店の旦那ふうの身装《みなり》である。

番頭の盛蔵は、惣右衛門の脇に座していた。こちらは痩身《そうしん》で、面長の顔には皺《しわ》が目だった。惣右衛門より年上のようだ。

小松や惣右衛門たちの挨拶《あいさつ》が終わった後、

「今日は、色々話を聞かせてもらおうと思ってな。惣右衛門、忌憚《きたん》なく話してくれ」

小松が、口許に笑みを浮かべて言った。

「はい、どのようなことでも、お話しいたします」

惣右衛門が、揉み手《もで》をしながら目を糸のように細めた。

「惣右衛門も知っておろうが、わが藩は米の他に、特産の材木、木炭、漆などを専売にしていてな。江戸への廻漕や問屋筋への売り渡しなど、すべて大松屋に任せてあるのだ」

そう言って、小松は膝先の湯飲みに手を伸ばした。

「承知しております」

「大松屋が悪いというのではないのだがな。一店だけの取引きだと、お互いに不都合《ふつごう》なことが生じても、揉め事を避《さ》けようとして話せないことがある。それに、わしらのような者には、取引きの価格ひとつとっても、適正なのかどうかも分からないのだ」

「どのような品物でも、その時々の相場で価格が変わりますので、そのようにお感じになられるのでございましょう」

惣右衛門が、小声で言った。

「わしは、松浦藩の浦垣どのと懇意《こんい》にしていてな。この店のことを聞いてみたのだが、商いは手堅く、しかも藩の利益になるように手を尽くしてくれるので、全幅《ぜんぷく》の信頼を寄せているとのことだった」

「そう言っていただけると、当店としても張り合いがございます」

惣右衛門が、さらに目を細めた。

小松はゆっくりとした動きで、手にした湯飲みを膝先に置き、

「それで、うちの品物を扱ってみる気はあるかな」

と、声をあらためて訊いた。顔の笑みが消え、急にひきしまった顔付きになった。

「てまえどもで、できることがあれば、何なりと承《うけたまわ》ります」

惣右衛門も顔の笑みを消して言った。

「そうか。……とりあえず、わが藩の専売品で扱いやすい物からやってみてくれ。様子をみて、徐々に増やしていってもらいたいが」

小松が低い声で言った。

「そう願えれば、当店としても有り難いことです」

「こまかいことは、今後別の者が話を進めることになろうが、ときおり、わしも顔を

出そう」

小松が言った。

「ご家老さまに来ていただければ、これほど心強いことはございません」

また、惣右衛門の顔に笑みが浮いた。

小松と惣右衛門の話は、それで済んだ。後は、川崎屋の持ち船や水夫《かこ》、奉公人のことなどの話になり、脇に控えていた番頭の盛蔵の受け答えが多くなった。

小松が腰を上げたのは、七ツ（午後四時）を過ぎてからだった。すでに、陽は沈みかけている。

7

小松の乗った駕籠は川崎屋の店先を離れると、日本橋川沿いの道を日本橋方面にむかった。まだ、川沿いの道は人通りがあり、表店も店をひらいていた。

「鬼塚、変わった様子はないな」

馬場が通りの先に目を配りながら言った。

「油断はできんぞ。襲うとすれば、帰りだ」

雲十郎は、賑やかな通りでの襲撃はないとみていた。日本橋川沿いの道や東海道筋で、仕掛けてくるとは思えない。

「ともかく、藩邸に帰りつくまでは気が抜けんな」

馬場が顔をひきしめて言った。

雲十郎は、通りの先に目をやってゆいの姿を探した。駕籠の一行の近くにいるはずである。

……あれだな！

一町も先に、門付姿のゆいが見えた。菅笠をかぶり、三味線を手にしている。愛宕下までの道筋に、襲撃の気配があるかどうか探ってくれているらしい。

駕籠の一行は何事もなく、日本橋川沿いの道から東海道に入った。楓川沿いの道を通ることもできたが、あえて人通りの多い東海道を選んだのである。

駕籠の一行は京橋《きようばし》を渡り、新両替町《しんりようがえ》、銀座町《ぎんざ》、尾張町《おわり》と進み、竹川町《たけかわ》に入った。

陽は家並の向こうに沈み、西の空は茜色の夕焼けに染まっている。

出雲町に入り、前方に汐留川《しおどめがわ》にかかる芝口橋（新橋）が見えてきたとき、暮れ六ツ（午後六時）の鐘が鳴った。その鐘が合図でもあったかのように、あちこちで表戸をしめる音が聞こえだした。街道沿いの店が店仕舞いし始めたのである。

街道を行き来する人影もすくなくなった。これから品川宿《しながわ》まで行くらしい旅人や遊び人などが、足早に通り過ぎていく。品川宿は飯盛り女が多いことで知られ、旅人だけでなく江戸に住む男たちも売女《ばいた》を目当てに足を運ぶ者が多かった。

駕籠の一行は、芝口橋を渡っていっとき歩いてから左手の通りに入った。その通りから大名小路に入れば、藩邸まですぐである。

通りの左右には、大名屋敷や大身の旗本屋敷などが並び、築地塀や大名屋敷の長屋などがつづいていた。淡い夕闇が塀の陰や通り沿いの樹陰に忍び寄っている。通りの人影はすくなく、ひっそりとしていた。ときおり、供連れの武士や中間などが通り過ぎていくだけである。

前方に、ゆいの姿があった。足早に大名小路の方へ歩いていく。

ゆいが急に足をとめて、後ろを振り返った。通りの左手を指差している。左手に稲荷の赤い鳥居があり、わずかだが樫《かし》や椿《つばき》などの常緑樹の杜《もり》もあった。

……稲荷に身をひそめているようだ！

雲十郎は、察知した。

そうやってゆいが敵の居所を知らせてくれたのは、初めてではない。これまでも、ゆいは雲十郎たちに先行して歩き、敵の埋伏《まいふく》場所を知らせてくれたことがあったのだ。

「馬場、この先の稲荷にひそんでいるようだぞ」

雲十郎が馬場に知らせた。

「ゆいどのか」

馬場が言った。どうやら、馬場も先を歩いている門付がゆいと気付いていたようだ。

「そうだ」

「田原や念岳たちか」

「そうみていいな」

小松の乗る駕籠を襲うとすれば、田原たちしか考えられない。

駕籠の近くにいる警護の者にも、雲十郎と馬場のやり取りが聞こえたらしく顔がこわばっていた。なかには、刀の鯉口を切り、柄を握っている者もいた。

駕籠は稲荷に近付いていく。

いつの間にか、前方にいたゆいの姿が消えていた。稲荷の先の路地に入ったらしい。

駕籠は道の右手に寄りながら進んだ。馬場は駕籠の左手にまわり、雲十郎の後ろについた。ふたりで、左手にある稲荷から飛び出してくる敵にそなえたのだ。

警護の者だけでなく、陸尺や中間の顔もこわばっていた。不安そうな目が、稲荷の赤い鳥居にそそがれている。

駕籠が稲荷の鳥居の近くまで来たときだった。ふいに、鳥居からふたりの男が飛び出し、つづいて鳥居の脇の樫の葉叢が激しく揺れ、そこからも数人の男が飛び出してきた。四人もいた。都合六人である。

「駕籠を守れ！」

雲十郎は駕籠の脇に立ち、すぐに抜刀体勢をとった。

「おおっ！」

と声を上げ、馬場が刀を抜きはなった。

駕籠のまわりにいた警護の者たちも次々に刀を抜き、飛び出してきた男たちに対して身構えた。

陸尺は駕籠を地面に置くと、恐怖に顔をひき攣《つ》らせて稲荷と反対側の路傍に逃げた。

襲撃者たちは、いずれも武士体だった。頭巾で顔を隠している。小袖に裁着袴、草鞋履きである。すでに抜き身を引っ提げていた。ひとりだけ、巨軀の男が金剛杖を手にしていた。念岳らしい。

「迎え撃て！　駕籠を守れ！」

駕籠の先にいた大杉が大声を上げて、駕籠にむかって走った。駕籠の前後にいた警護の者たちも駕籠に走り寄った。

「そこをどけ！」

巨軀の男が怒鳴り声を上げ、雲十郎に迫ってきた。

六尺を超える巨漢である。金剛杖を振り上げている。まるで、巨熊でも迫ってくるような迫力があった。

雲十郎は居合腰に沈め、抜刀体勢をとった。

念岳が、金剛杖を振り上げたまま合の抜刀の間合に踏み込む寸前、雲十郎の全身に抜刀の気がはしった。すでに、念岳が金剛杖の打突の間合に入ったとみたからである。

イヤアッ！

裂帛の気合を発し、雲十郎が抜きつけた。

シャッ、という刀身の鞘走る音とともに横一文字に閃光がはしった。横霞である。

次の瞬間、念岳の小袖の腹の辺りが横に裂けた。

念岳の動きがとまった。驚愕に目を剝いている。雲十郎の抜刀の迅さに驚いたらしい。

だが、念岳が動きをとめたのは、ほんの一瞬だった。すぐに後ろに跳び、あらためて金剛杖を振り上げた。

雲十郎はすかさず、納刀した。念岳が間合をとったので、納刀する間ができたのである。居合は抜くことだけでなく、納刀も大事だった。居合は刀を抜いてしまうと威力が半減する。そのため、納刀の迅さも腕のうちなのだ。

念岳の裂けた小袖の間から、大きな腹があらわになり、薄い血の線が横にはしっていた。だが、かすり傷らしい。

「鬼塚か！　おれの金剛杖を受けてみろ」

叫びざま、念岳は金剛杖を振り上げて迫ってきた。

雲十郎はすかさず、居合腰に沈め、抜刀体勢をとった。

そのとき、ギャッ！　という絶叫を上げ、襲撃者のひとりが身をのけ反らせた。右腕が截断され、その截断口から血が筧《かけい》の水のように流れ出ている。馬場が、駕籠に刀を突き込もうとした襲撃者の腕を斬り落としたらしい。

駕籠のまわりでは、襲撃者と警護の者たちの闘いがつづいていた。襲撃者たちは、駕籠に近付けないでいる。警護の人数が、多いからだ。

「斬れ！　ひとり残らず討ちとれ！」

大杉が叫んだ。

その声で、奮い立ったらしく、警護の者たちは果敢《かかん》に襲撃者たちに向かっていく。

襲撃者たちは、駕籠の近くから後じさり始めた。右腕を截断された者の他にもひとり、胸の辺りが血塗れになっている者がいた。警護の者の斬撃をあびたらしい。

「引け！」

小柄な武士が叫んだ。

その声で、襲撃者たちはすばやく後じさりしてから反転した。

小柄な武士につづいて、襲撃者たちが走りだした。抜き身を引っ提げたまま逃げていく。

「鬼塚！　勝負はあずけた」

念岳が吼えるような声で叫び、すばやい動きで雲十郎との間合をとると、反転して駆けだした。巨軀だが、逃げ足も速かった。見る間に遠ざかっていく。

雲十郎は後を追わずに、駕籠に目をやった。駕籠のなかの小松は無事らしい。駕籠の脇にいる馬場や警護の者の顔に安堵《あんど》の色があった。

「あやつを押さえろ！」

大杉が、ふらふらしながら逃げていく襲撃者のひとりを指差した。馬場に右腕を截断された男である。

すぐに、ふたりの警護の者が駆けだし、逃げる男に追いすがった。男はふたりが背後に迫ると自分から足をとめて、その場にへたり込んだ。逃げる余力も残っていなかったらしい。

闘いは終わった。小松は無傷だった。襲撃者たちは、駕籠のなかにいた小松に手出しできなかったのである、警護の者たちのなかに手傷を負った者が三人いたが、いずれも浅手だった。

取り押さえた右腕を截断された男は、その場で血止めの処置をした。処置といっても、手ぬぐいで右腕を強く縛っただけである。

大杉によると、捕らえた男は藩邸に連れ帰って事情を聞くという。

「駕籠を出せ」

大杉が、もどってきた陸尺たちに声をかけた。

第三章　死人《しびと》の剣

1

京橋から京橋川沿いの道を東にしばらく歩くと、舟吉《ふなよし》という老舗《しにせ》の料理屋があった。その辺りは水谷《みずたに》町で、通り沿いには表店がつづき、人通りも多かった。

舟吉の二階の座敷に、大松屋のあるじの繁右衛門《しげえもん》と四人の武士が酒肴《しゅこう》の膳を前にして座していた。

繁右衛門は、大柄で太っていた。赤ら顔で目が細く、頬がふっくらしている。恵比須《えびす》を思わせるような福相である。

上座には、顔の浅黒い痩身の武士がいた。国許から出府した山之内恭三郎である。

「まずは、一献《いっこん》」

繁右衛門が銚子《ちょうし》を手にし、山之内の杯に酒をついだ。

山之内は四十がらみであろうか。眉が濃く、ギョロリとした大きな目をしていた。剽悍《ひょうかん》そうな面構えの男である。

山之内は広瀬の家士として長年仕《つか》えた男で、広瀬の信頼も厚かった。此度《こたび》の出府も、広瀬の指図によるものである。

座敷には、繁右衛門と山之内の他に、田原玄十郎、三郎太、それに江戸詰の年寄、松井田藤兵衛の指図で動いている蔵方《くらかた》の巻枝益蔵《まきえだますぞう》が座していた。

畠沢藩の蔵奉行は国許にいて、藩内の年貢米《ねんぐまい》の収納や保管、それに専売として江戸に廻漕する米も取り扱っていた。その蔵奉行の下に蔵方はいる。

江戸にも何人かの蔵方がいて、専売米にかかわっていた。巻枝は、その蔵方のひとりだった。本来、蔵方は蔵奉行の配下だが、江戸には蔵奉行がいなかったので、年寄の指図で動くこともあったのである。

「ご家老さまが、川崎屋に出向かれて、いろいろお話しなさったそうですが、山之内さまはご存じでしょうか」

繁右衛門が声をひそめて言った。

ご家老とは、江戸家老の小松のことである。

「むろん、承知している。実は、一昨日、家老の小松の乗る駕籠を襲ったのだが、為《し》損《そん》じてしまったのだ」

山之内が、渋い顔をして言った。

「ご家老さまの駕籠を襲ったとき、ひとり捕らえられたと聞きましたが、都合の悪いことをしゃべるようなことはございませんか」

繁右衛門が眉を寄せて訊いた。

山之内の許に繁右衛門から、舟吉でお会いしたい、との話があったのだ。繁右衛門は小松の乗る駕籠が襲われたことを耳にし、その後、どうなったか山之内から話を聞きたかったらしい。これまでも、繁右衛門は山之内たちと舟吉で会ったことがあり、国許の様子などを聞いていたのだ。

「懸念《けねん》することはない。捕らえられたのは、林山昌之助《はやしやままさのすけ》という牢人でな、金で買った男だ。われらのことは、ほとんど知らないはずだ。むろん、大松屋のこともな。それに、捕らえられた翌朝、林山は死んだらしい。……腕からの出血が多かったようだ」

藩邸に住んでいる巻枝が言った。

「さようでございますか。……それなら、安心でございます」

そう言って、繁右衛門は山之内の脇に座していた巻枝にも酒をついだ。

「それにな、繁右衛門、蔵元はそう簡単には変えられるものではないのだ。……江戸の家老や大目付などが、蔵元を川崎屋に変えようとして画策《かくさく》しているらしいが、その前に、われらが手を打つ。そのために、われらは江戸に出てきたのだからな」

山之内が、田原たちに目をやって言った。

「いかさま」

田原がうなずいた。鬢や髷に白髪が混じっていたが、胸は厚く、腰は据わっていた。体が厚い筋肉でおおわれていることが着物の上からも見てとれる。

「その後、国許でも何か動きがございましたか」

繁右衛門が声をあらためて訊いた。

「いや、これといった動きはないようだ。……広瀬さまは出家されたが、隠れ蓑《みの》でな、まだお力を失ったわけではない。家中には広瀬さまに味方する重職の方もおられ、江戸にもいる。その方たちが藩の舵《かじ》を握るようになれば、大松屋との付き合いも揺るぎないものになるだろう」

「早く、そうなって欲しいものです」

「そのために、われらが江戸に来たのだ」

山之内が、語気を強くした。

「てまえどもも、お手伝いできることがあればやりますが、商人《あきんど》ですので、手荒なことはできません。それに、商い以外のことで表には出ないようにお願いしたいのですが……」

繁右衛門が、戸惑《とまど》うような顔をして言った。

「承知している。今後は、こうやって会うことも遠慮しよう」

「そうしていただければ、手前どもに疑いの目をむけられることもなくなりましょう」

繁右衛門が揉み手をしながら言った。

「何かあれば、巻枝どのに店に行ってもらう」

そう言って、山之内が巻枝に目をやった。

「おれが、繫ぎ役になろう。藩米のことを口実にすれば、店に立ち寄っても不審を抱かれることはないからな」

巻枝が言った。

「巻枝さまのことは、店の者にも話しておきましょう」

繁右衛門が、表情をやわらげた。

それから、半刻（一時間）ほど、酒を飲みながら繁右衛門や山之内たちは国許や江戸藩邸の動きなどを話した後、繁右衛門が店の者に駕籠を呼ぶよう頼んだ。駕籠で帰るつもりらしい。

「繁右衛門、おれたちはもうすこしここに残って策を練るつもりだ」

山之内が言った。

山之内は繁右衛門がいない場で、あらためて田原たちと小松や先島を討つ手筈を相談したかったのだ。

「どうぞ、ごゆっくり。お勘定《かんじょう》の方は、てまえどもで済ませますので……」

そう言い残し、繁右衛門は駕籠で店に帰った。

山之内は繁右衛門が帰ると、

「田原、小松や先島を討つのは、容易《ようい》ではないぞ」

と、顔をひきしめて言った。

「わしらの読みが甘かったようだ。あれだけの警護が、駕籠につくとは思っていなかったのでな」

田原が言うと、三郎太もうなずいた。

「先島を討てなかったのは、警護の人数が多かっただけではあるまい」

「いかさま。……鬼塚と馬場だけでも、討てなかったかもしれん。ふたりは遣い手だからな」

田原が顔をけわしくして言った。

「どうだ、小松や先島を狙う前に、鬼塚と馬場を始末しては——。鬼仙斎どのたちも、鬼塚たちのために小松や先島を討ち損じたようだ」

そう言って、山之内が田原たち三人に目をやった。

「わしも、そのつもりでいる。……わしらが江戸に出たのは、師匠の鬼仙斎さまの敵を討つためもあるのだからな」

田原が言うと、三郎太もうなずいた。

「ふたりを、討てるか」

山之内が、田原を見すえて訊いた。

「何としても討つ。……わしらには、念岳と佐久どのもいる。ふたりは、鬼塚や馬場に負けない遣い手だ」

田原が、虚空《こくう》を睨みながら重いひびきのある声で言った。

2

……あやつ、これで二度目だぞ。

小弥太が胸の内でつぶやいた。

小弥太は、雲十郎と馬場の住む借家の斜向《はすむ》かいにある草藪《くさやぶ》の陰にいた。

いま、町人ふうの男が、借家の戸口の前をゆっくりとした足取りで通り過ぎていく。男は黒の半纏に股引姿だった。手ぬぐいで頬っかむりしている。

小弥太が、その男を見かけたのは二度目だった。小半刻（三十分）ほど前も、その男は借家の前を通り過ぎたのである。

小弥太は、ゆいの指図で畠沢藩の上屋敷と雲十郎たちの住む借家に目を配っていた。上屋敷に住む小松と先島、それに借家に住む雲十郎と馬場の動向を探っている者がいるとみて、その者たちの正体と塒をつきとめようとしたのだ。

男は借家の前を通り過ぎると、表通りの方に足をむけた。

……尾けてみるか。

小弥太は笹藪の陰から出ると、男の跡を尾け始めた。小弥太は菅笠をかぶり、手甲脚半姿で風呂敷《ふろしきづつ》包みを背負っていた。行商人のように見える。

男は表通りに出ると、紀尾井坂《きおいざか》の方に足をむけた。さらに先に歩くと、外濠《そとぼり》沿いの通りに突き当たる。

男は外濠沿いの通りに出ると、左手におれて赤坂御門の方にむかった。男は赤坂御門の前も通り過ぎ、溜池沿いの道を経て愛宕下に出た。

……畠沢藩の屋敷を見張るつもりだな。

小弥太は、男が畠沢藩の上屋敷にむかっているのに気付いた。

男は畠沢藩の上屋敷の手前まで来ると、大身の旗本屋敷の築地塀の陰に身を寄せて、表門の方に目をやった。

どうやら、男は雲十郎たちの住む借家につづいて畠沢藩の上屋敷を見張るつもりらしい。おそらく、雲十郎と馬場、それに小松と先島の動向を探っているのだろう。

……何者であろう。

小弥太の目に、男は町人に見えた。

ただ、男が田原や念岳の味方であることはまちがいなかった。雲十郎や小松たちの動向を探って、田原たちに知らせるつもりだろう。

小弥太は、男の正体と塒をつかもうと思った。

築地塀の陰に身を隠していた男は、半刻（一時間）ほどすると、その場を離れた。男は表通りに出ると、東海道の方に足をむけた。

……正体をつかんでやる。

小弥太も表通りに出た。

陽は西の家並の向こうに沈みかけていた。すでに、七ツ半（午後五時）を過ぎているだろう。男は、このまま塒にもどるのではあるまいか。

東海道に出た男は、北にむかった。まだ、東海道は賑わっていたが、迫りくる夕闇に急《せ》かされるように足早に通り過ぎる者が多かった。

男は芝口橋を渡り、出雲町から竹川町に入ってすぐ、左手の路地に足をむけた。路地を西にむかってしばらく歩いてから、仕舞屋《しもたや》の前に足をとめた。その辺りは惣十郎《そうじゅうろう》町である。路地沿いには、小体な店や仕舞屋などがごてごてとつづいていた。

男は慣れた様子で、仕舞屋の戸口の引き戸をあけて家に入った。

小弥太は足音を忍ばせて戸口に近付き、聞き耳をたてた。障子をあけしめする音につづいて、女の声が聞こえた。つづいて男の声も聞こえたが、何を話したのか聞きとれなかった。

小弥太は戸口から離れた。いつまでも、家の前に立っているわけにはいかなかった。通りかかった者が不審の目をむける。

小弥太は仕舞屋から一町ほど離れたところにあった八百屋《やおや》の親爺《おやじ》に話を聞いてみた。親爺は店仕舞いを始めたときで、いい顔をしなかったが、小弥太が訊いたことには何とか答えてくれた。

親爺の話から、仕舞屋には猪之吉《いのきち》という男が、妾《めかけ》らしいおはつという女とふたりで住んでいることが知れた。小弥太が、猪之吉の生業《なりわい》を訊くと、

「分からねえ。あの男は、昼間からぶらぶらしてることが多くてな、仕事に出かける

のを見たことがねえんだ。……ただ、ちかごろは、朝から出かけることもあるから、何か仕事を始めたのかもしれねえな」

と、親爺は渋い顔をして話した。どうやら、親爺は猪之吉のことを胡散《うさん》臭い男と思っているようだ。

「邪魔したな」

小弥太は親爺に声をかけて店先から離れた。

翌朝、小弥太はゆいとふたりで雲十郎と馬場の住む山元町の借家に姿を見せた。小弥太は行商人のような姿で、ゆいは町娘の恰好をしている。

小弥太は昨夜のうちに猪之吉のことをゆいに話し、ふたりで雲十郎たちに知らせに来たのである。

雲十郎と馬場は、縁先に近い座敷に小弥太とゆいを上げた。

座敷に対座すると、すぐに雲十郎が、

「何か知れたのか」

と、訊いた。ゆいと小弥太の顔を見たときから、何か知らせることがあって来たと思ったのである。

「田原たちの仲間と思われる男を、ひとりつきとめました」

小弥太が、その男の跡を尾けたことや塒が惣十郎町にあることなどを話した。

「そやつ、町人か」

馬場が念を押すように訊いた。

「はい、猪之吉という名です」

小弥太が答えた。

「そやつ、溜池沿いの道で、おれたちを襲ったひとりかもしれんな」

馬場が五人のなかに、ひとり町人体の男がいたことを話した。

「どうしますか」

ゆいが、訊いた。

「そやつが、田原たちの仲間だとすれば、やつらと連絡をとるかもしれないな。どうだ、しばらく、猪之吉を尾けてみては」

雲十郎が言った。

「承知しました」

ゆいが言うと、小弥太もうなずいた。

それから、雲十郎とゆいたちは、国許のことや藩邸内の動きなどを小半刻（三十分）ほど話してから立ち上がった。

五日後、ふたたびゆいと小弥太が雲十郎と馬場の住む借家に姿を見せた。

ふたりは縁先に近い座敷に座ると、

「猪之吉は、田原たちと会う様子はありません」

すぐに、小弥太が言った。

小弥太によると、猪之吉は陽が上るころに惣十郎町の借家から出て、愛宕下の藩邸や雲十郎たちの住む借家を見張ったりしているが、田原たちと会っている様子はないという。

「猪之吉を捕らえるか」

雲十郎が言った。

「口を割らせるのか」

馬場が身を乗り出すようにして訊いた。

「その方が早いかもしれん」

「よし、やろう」

「それで、いつ？」

ゆいが訊いた。

「明日の夕方——。すこし暗くなってからがいいな」

雲十郎が言った。猪之吉を捕らえるのはともかく、猪之吉を惣十郎町から山元町まで連れてくるには、暗くなってからがいいだろう。

「よし、明日、やろう」

馬場が意気込んで言った。

3

「あの家です」

小弥太が、前方の仕舞屋を指差した。

雲十郎、馬場、ゆい、小弥太の四人は、惣十郎町の路地に来ていた。陽は沈み、西の空は茜色の残照に染《そ》まっていた。まだ、上空には明るさが残っていたが、路地沿いの家の軒下や樹陰には淡い夕闇が忍び寄っている。そろそろ暮れ六ツ（午後六時）の鐘が鳴るだろうか。

「猪之吉はいるかな」

雲十郎が訊いた。

「見てきますよ」

そう言い残し、小弥太は小走りに仕舞屋にむかった。

雲十郎たちは路傍の樹陰に身を隠し、小弥太がもどってくるのを待った。

いっときすると、小弥太はもどってきた。

「いますよ。家のなかで、声が聞こえました」

小弥太によると、家のなかで話している男と女の声が聞こえたという。

「家にいるのは、猪之吉とおはつだな」

馬場が目をひからせて言った。

「さて、どうする」

雲十郎が、路地に目をやって言った。

まだ、路地沿いの店はあいていた。ぽつぽつと人影もある。仕舞屋に踏み込んで、猪之吉を捕らえるのは早過ぎる気がした。

「路地の店がしまるまで待とう」

雲十郎が、そう言ったときだった。

「おい、戸口から女が出てきたぞ」

馬場が声をひそめて言った。

見ると、仕舞屋の戸口から女が路地に出てきた。小袖に下駄《げた》履きで、こちらに歩いてくる。

「おはつですぜ」

小弥太が言った。

年増《としま》だった。色白の顔が、淡い夕闇のなかに浮き上がったように見えた。猪之吉が囲っている妾のおはつであろう。猪之吉のために、酒の肴《さかな》でも買いに家を出たのかもしれない。

雲十郎たちが樹陰から、路地を通り過ぎていくおはつを見送っているとき、石町《こく》の鐘の音が鳴り始めた。

それからいっときすると、路地沿いの店は表戸をしめ、人影も見られなくなった。

「そろそろ仕掛けるか」

雲十郎が言った。

「鬼塚さま、わたしが猪之吉を家から連れ出しましょうか」

ゆいが、家から三十間ほど離れた路傍で枝葉を茂らせている椿を指差し、椿の陰まで猪之吉を連れ出せば、捕らえやすいのではないかと話した。

「そんなことができるか」

「できます。……こんなこともあろうかと、町娘らしい恰好をしてきたんですから」

ゆいが、笑みを浮かべて言った。

「ゆいに頼もう」

雲十郎たちは仕舞屋に近付き、枝葉を茂らせている椿の陰に身を隠した。

「ここに、猪之吉を連れてきます」

ゆいはそう言い残し、仕舞屋の戸口にむかった。

戸口に立つと、家のなかからかすかに物音が聞こえた。畳を踏むような音である。

ゆいは、戸口の引き戸をあけた。戸締まりはしてなかったとみえ、すぐにあいた。

狭い土間がありその先に障子がたててあった。障子がぼんやりと明らんでいる。行灯《とも》が点っているらしい。

障子のむこうに、人のいる気配がした。猪之吉は障子の先の座敷にいるらしい。

「猪之吉さん、いますか」

ゆいが声をかけた。

「だれだい」

男の声がした。猪之吉のようだ。

「あたし、おゆきです」

ゆいが言った。おゆきは、咄嗟に頭に浮かんだ偽名である。

「おゆきだと？　知らねえな」

猪之吉は立ち上がったらしく、障子に近付く足音がした。

がらり、と障子があいた。顔を出したのは、顔の浅黒い若い男だった。

「おめえ、おれに何か用があるのかい」

猪之吉が、怪訝《けげん》な顔をして訊いた。顔を見たこともない町娘が、戸口に立っていたからであろう。

「あ、あたし、おはつさんに頼まれて来たんです」

ゆいが、慌てた様子で言った。

「おはつの知り合いかい」

「そ、そうです。猪之吉さん、早く。おはつさんに、急いで呼んできてくれ、と頼まれたんです」

ゆいが、戸口で足踏みしながら言った。

「おはつに何かあったのか」

「何があったか知らないけど、おはつさん、怪我《けが》をして歩けないようなんです。……猪之吉さん、早く！」

ゆいが急かせるように言った。

「おはつは近くにいるのか」

猪之吉は土間に下りながら訊いた。

「家のすぐそばですよ。さァ、早く！」

「行ってみよう」

猪之吉が、ゆいにつづいて戸口から路地に飛び出した。

「こっち！」

ゆいは先にたち、椿のそばまで来ると、

「あれ、おはつさん、この辺りにいたんだけど」

と言って足をとめ、慌てた様子で周囲に目をやった。

「あそこ、椿の陰に！」

ゆいが、声を上げて椿を指差した。

「どこにいるんでえ」

「椿の陰に！　おはつさん、苦しそう」

ゆいが、叫んだ。

「どこだ！」

猪之吉が、椿の陰に近付いた。

そのとき、雲十郎は抜き身を脇構えにとり腰を沈めていた。猪之吉が、近付いてきたら峰打《みねう》ちに仕留めるつもりだった。斬るには居合の方が迅くて確実だが、猪之吉を斬らずに捕らえたかったのだ。刀身を峰に返して、居合で抜くことはできなかったので、抜き身を手にしていたのである。

猪之吉が椿の陰に近付いてきた。

ザザッ、と音がし、椿の枝葉が揺れた。雲十郎はすばやい動きで猪之吉に迫っていく。

猪之吉が、ギョッとしたようにその場に棒立ちになった。いきなり、椿の陰から飛び出してきた雲十郎の姿を見て、一瞬、獣でも飛び出してきたと思ったのかもしれない。

猪之吉は喉の裂けるような悲鳴を上げ、逃げようとして後じさった。

「遅い！」

雲十郎が踏み込みざま、刀身を横に払った。

ドスッ、というにぶい音がし、猪之吉の上半身が前にかしいだ。雲十郎の峰打ちが、猪之吉の腹を強打したのだ。

猪之吉はよろめき、腹を両手で押さえてうずくまった。苦しげな呻《うめ》き声を上げている。

雲十郎は猪之吉を顔を見たとき、

「おまえは、あのときの！」

と、思わず声を上げた。

雲十郎が、浅右衛門たちと小伝馬町の牢屋敷で千住の甚兵衛という盗賊の親分を斬首した帰り、楓川沿いの道を歩いているとき、「親分の敵！」と叫んで、匕首で浅右衛門に斬りかかった男である。

「お、鬼塚……、殺せ！」

猪之吉が憎悪に顔をゆがめて言った。

4

行灯の明かりに、四人の男の顔が浮かび上がっていた。雲十郎、馬場、小弥太、それに捕らえてきた猪之吉である。ゆいは、雲十郎たちの住む借家の戸口の前まできたが、なかには入らずに帰った。梟組の小頭とはいえ、男たちといっしょに猪之吉を訊《じん》問《もん》するのは、気が引けたのだろう。

猪之吉は後ろ手に縛られ、座敷のなかほどに座らされていた。猪之吉のまわりを雲十郎たち三人が取りかこんでいる。

猪之吉は蒼《あお》ざめた顔をして身を顫わせていたが、雲十郎や馬場にむけられた目には恐怖だけでなく憎悪の色もあった。

「馬場、溜池のそばで襲った五人のなかに、猪之吉がいたのだな」

雲十郎が念を押すように訊いた。

「まちがいない。手ぬぐいで頰っかむりしていたので、顔ははっきりしないが、体付きは覚えている」

馬場が言った。

「猪之吉、聞いたとおりだ。おまえは、ここにいる馬場たちを仲間といっしょに襲ったそうだな」

雲十郎が猪之吉を見すえて言った。

「……し、知らねえ」

猪之吉は馬場に目をやったが、すぐに視線をそらせてしまった。話す気にならないらしい。

「猪之吉、隠しても無駄だ。おまえが、馬場たちを襲ったひとりであることは、はっきりしている」

雲十郎が語気を強めて言った。

「……」

猪之吉は、口をひき結び視線を膝先に落としてしまった。

「大男の念岳たちと、畠沢藩士を襲ったな」

雲十郎は、念岳の名だけ出した。馬場たちを襲った五人のなかに、巨漢の念岳がいたのはまちがいないからだ。それに、猪之吉も念岳のことは知っているはずである。

「ああ、そうだ。だけど、おれは頼まれて、見張りをしただけだぜ」

猪之吉が言った。隠しても仕方がないと思ったようだ。

「いっしょにいた四人だが、念岳の他にだれがいたのだ」

　雲十郎が訊いた。

「三人とも、お侍だ」

「名は？」

「名は知らねえ」

　猪之吉が、顎を突き出すようにして言った。まだ、まともに答える気にはなっていないらしい。

「猪之吉、おまえは親分の敵と叫んで、お師匠を襲ったな」

　雲十郎が声をあらためて言った。

「浅右衛門は、親分の首を落としゃァがったんだ」

　猪之吉の声が憎悪に震えた。

「どうして、おまえは親分の敵を討つ気になったのだ」

「お、おれは、千住の親分には、餓鬼《がき》のころから世話になったのよ。……親のように、思ってたんだ」

　猪之吉が、急に眉を寄せて言った。悲痛が、胸に衝き上げてきたのかもしれない。

「餓鬼のころから、甚兵衛の仲間だったのか」

雲十郎が訊いた。

「そうじゃァねえ。……おれも、餓鬼のころ千住で暮らしていたのよ。そんとき、親分に世話になったんだ」

猪之吉が話したことによると、猪之吉の家は千住で小体な八百屋をやっていたそうだ。ところが、猪之吉が幼い頃、父親が死に、母親独りの手で育てられたという。母親は女手ながら八百屋を引き継いで商いをつづけていたが、父親が死んで三年ほどしたとき、貰《もら》い火で家が焼けてしまった。

母子は焼け跡に掘立《ほったて》小屋を建て、近隣の百姓《ひやくしよう》家からわずかな野菜を分けてもらい、八百屋の真似事《まねごと》のようなことを始めた。ところが、天候や季節によって商売ができず、食うこともできないほど困窮《こんきゆう》することがあった。母子で死のうとしたことが何度もあったが、そうしたとき、何者かが家に当座暮らしていけるだけの金を投げ込んでくれ、何とか命をつなぐことができたという。

猪之吉が十五歳になったとき、母親は暮らしの苦労がたたって胸を患《わずら》い、亡くなってしまった。その母親の亡骸《なきがら》を近所の墓地に埋葬《まいそう》するとき、四十がらみの男が若い男をふたり連れてあらわれ、手伝ってくれたという。

「それが、親分だったんでさァ」

猪之吉は、その男が千住の甚兵衛と呼ばれる盗人《ぬすっと》だと知ると、おれを手下にしてくれ、と懇願《こんがん》した。

甚兵衛は、盗人などに、なるんじゃァねえ、と言って叱《しか》ったが、猪之吉が手下にしてくれなけりゃァ、ここで首を搔《か》き切って死ぬ、とまで言うと、手下になることを認めたという。

「そ、その、親分の首を、浅右衛門が斬り落としゃァがったんだ」

猪之吉が、声を震わせて言った。

つづいて口をひらく者がなく、座敷は静寂につつまれ、猪之吉の乱れた息の音だけがはずむように聞こえていた。

「それで、おまえは、お師匠を親分の敵として狙ったのか」

雲十郎が訊いた。

「そうだ」

「猪之吉、おまえは思い違いをしているようだな」

「思い違いだと」

猪之吉が、顔を上げて雲十郎を見た。

「甚兵衛は、腹の据わった男でな、他の罪人とはちがっていた。土壇場に引き出されても平然としていた」

雲十郎が言った。

「……！」

猪之吉は、息を詰めて雲十郎の顔を見つめている。

「お師匠は甚兵衛の首を落とす前、何か言い遺すことはあるか、と訊かれたのだ。すると、甚兵衛は、土壇場でも顔色ひとつ変えなかったと言ってくれ、そう言い遺し、自分から首を前に出したのだ。……猪之吉、土壇場でこれだけのことができる罪人はいないぞ。甚兵衛はな、死ぬ覚悟《かくご》ができていたんだ。それで、お師匠のような腕のいい首斬り人に首を落とされるのを、むしろ喜んでいたのだ」

「……！」

猪之吉は、雲十郎の顔を見つめたまま身を硬くしていた。

「それでも、お師匠を親分の敵と思うのか」

雲十郎が、諭《さと》すような声で言った。

「あ、浅右衛門を、敵だとは思わねえ」

猪之吉が、声をつまらせながら言った。

「甚兵衛は、おまえのことを伜《せがれ》のように思っていたのかもしれないな」

甚兵衛はともかく、猪之吉は甚兵衛のことを父親のように思っていたにちがいない。

「お、親分……」

猪之吉の顔が、急に押しつぶされたようにゆがみ、クックッと喉が鳴った。胸に衝き上げてきた嗚咽《おえつ》に耐えているらしい。

いっとき、座敷は静寂につつまれ、猪之吉の細い嗚咽の声だけがひびいていた。どこからか風が入ってくるらしく、行灯の火が揺れ、座敷にいる男たちの顔を闇と光で掻き乱していた。

雲十郎は猪之吉の嗚咽が収まると、

「猪之吉、おまえ、どうして念岳たちの仲間になったのだ」

と、静かな声で訊いた。

「旦那に、居合で斬られそうになって逃げた後、声をかけられたんでさァ」

猪之吉によると、声をかけた男は、町人のような恰好をしていたという。後で分かったのだが、その男は江添三郎太という田原の配下の忍者のような男だそうだ。

そのとき、猪之吉の話を聞いていた小弥太が、

「その男、鬼仙流一門の者かもしれませんよ。……われらは、つかんでいませんでし

たが、田原たちといっしょに出府したとも考えられます」

とロをはさんだ。

「おそらくそうだろう。……猪之吉、それで、どうした」

雲十郎が、猪之吉に話の先をうながした。

「その男が、鬼塚の旦那や浅右衛門を討ちたいなら、仲間にならないか、と言いやしてね、あっしに五両もの金をくれたんでさァ」

猪之吉は、相手が何者か分からなかったが、浅右衛門を討つことができ、金も貰えるなら仲間になってもいいと思ったという。

「そういうことか」

どうやら、田原たちは、猪之吉が浅右衛門に匕首で斬りかかったときに近くにいて見ていたらしい。それで、猪之吉なら使えるとみて、仲間に引き入れたのだろう。

「ところで、馬場たちを襲ったとき、いっしょにいた四人だが、念岳の他にだれがいたのだ」

雲十郎が、声をあらためて訊いた。

「……田原さま、それに、矢代又蔵《やしろまたぞう》の旦那だ。もうひとりは、知らねえ」

猪之吉が答えた。隠す気はなくなったようだ。

「矢代又蔵という男は、畠沢藩の者か」

「牢人でさァ」

「矢代の塒を知っているか」

「あっしは行ったことはねえが、南八丁堀《みなみはっちょうぼり》の長屋だそうで……」

南八丁堀は八丁堀沿いに一丁目から五丁目まで長くつづいている町である。

「長屋の名は分かるか」

南八丁堀の長屋というだけでは、探しようがない。

「伝五郎店《でんごろうだな》と聞きやした」

「伝五郎店か」

それだけ分かれば、探せるだろう、と雲十郎は思った。

雲十郎のそばで猪之吉とのやり取りを聞いていた小弥太が、

「それがしが、つきとめます」

と、小声で言った。

それから雲十郎と馬場が、田原や三郎太の隠れ家も訊いたが、猪之吉は知らなかった。

「ところで、猪之吉、死人《しびと》のような感じのする牢人を知らないか。腕のたつ男だ」

雲十郎は、自らを怨霊と呼んだ牢人のことを訊いてみた。

「佐久の旦那でさァ」

猪之吉によると、佐久裕三郎という名の牢人だそうだ。

「そやつも、田原たちの仲間か」

「仲間だが、いっしょに動くのを嫌ってやしてね。ひとりで、好きなようにやってるようでさァ」

「佐久の居所を知っているか」

雲十郎が訊いた。

「神田、小柳町の長屋だと聞きやしたが……」

猪之吉が、長屋の店名は知らないと言い添えた。店名が分からないと、探すのはむずかしいかもしれない。

「猪之吉、おまえの役どころは何だ。……おれたちを探るだけか。繋ぎ役もしていたのではないのか」

田原たちは、猪之吉を雲十郎たちの動向を探ることの他にも使っていたのではないか、と雲十郎は思った。

「へい、田原の旦那に言われて、愛宕下のお屋敷や行徳河岸の大松屋にも行きやした」

「愛宕下へ行ったのは、ご家老たちの動きを探るためではなかったのか」

雲十郎が訊いた。

馬場と小弥太も、猪之吉に目をむけている。

「そうじゃァねえ。お屋敷にいる巻枝さまが姿をあらわすのを待ってたんでさァ。……あっしに用があるときだけ、顔を出すことになってやした。用といっても、いつも結び文のような物を手渡されるだけでしてね。一度ひらいてみたんですが、あっしは字が読めねえもんで、何が書いてあるか分からなかったでさァ」

猪之吉が言った。

「巻枝益蔵か！」

思わず、雲十郎が声を大きくした、

「おい、巻枝は年寄の松井田さまの配下だぞ」

馬場が驚いたような顔をして言った。

「そういうことか。……それで、巻枝から結び文を渡されたらどうするのだ」

雲十郎が身を乗り出すようにして訊いた。

「大松屋に行って番頭に渡すことになっていやした」

「大松屋か」

雲十郎が目をひからせて言った。

……やっと、見えてきた！

雲十郎は、胸の内でつぶやいた。

田原たちの背後にいる黒幕たちのつながりが垣間《かいま》見えたような気がした。やはり、田原たちを陰で動かしていたのは、年寄の松井田のようだ。その松井田は、国許の広瀬とつながっているにちがいない。

松井田の意向を受け、巻枝が田原や大松屋との連絡役をになっていたのだ。ただ、巻枝が直接、田原たちと会うことはむずかしい。そこで、猪之吉を連絡役に使っていたようだ。

「松井田や大松屋が陰で、田原たちを動かしていたのだな」

馬場が顔を赭黒く染め、唸るような声で言った。馬場にも、田原たちの背後にいる黒幕が見えてきたらしい。

それからいっときして、雲十郎たちの訊問は終わった。それ以上、猪之吉から訊くことがなくなったのである。

雲十郎たちが口をつぐむと、猪之吉が、

「もう、旦那方に手は出さねえから、あっしを帰《けえ》してくだせえ」

と、訴えるように言った。

「帰してもいいが、しばらく身を隠せる場所があるか」

雲十郎が、訊いた。

「旦那、どういうことで？」

猪之吉が怪訝な顔をした。

「おまえが、おれたちに話したことが知れれば、田原たちはまちがいなくおまえを殺すぞ」

「……！」

猪之吉の顔がこわばった。

「どうだ、身を隠す場所はあるか」

「千住に、もどりやす。まだ、あっしとおっかァで暮らしていたぼろ小屋が残っているはずでさァ」

猪之吉がしんみりした口調で言った。

5

「鬼塚さま、あの下駄屋の脇です」

小弥太が、路地沿いにある小体な下駄屋を指差して言った。

雲十郎、馬場、小弥太の三人は、南八丁堀三丁目に来ていた。八丁堀沿いの通りから、細い路地を二町ほど入ったところに下駄屋があった。その脇に、長屋につづく路地木戸がある。

「伝五郎店だな」

雲十郎たちは、小弥太がつきとめた矢代又蔵の住む伝五郎店に来ていたのだ。

雲十郎たちが猪之吉から話を聞いた二日後だった。小弥太は話を聞いた翌日、ゆいとふたりで南八丁堀に出かけ、矢代の居所をつかんだという。小弥太は、まだ江戸へ来て間がないので、地理に明るくなかった。それで、ゆいとふたりで出かけたらしい。

「矢代は独り住まいか」

馬場が訊いた。

「女房とふたりで、住んでいるようです」

小弥太が、伝五郎店の住人から聞き込んだことを話した。

女房の名はおよねで、町人の娘だという。およねは、八丁堀沿いにある一膳めし屋に小女《こおんな》として勤《つと》めているそうである。

「矢代は、いるかな」

雲十郎が言った。

「みてきますよ」

小弥太は、雲十郎と馬場をその場に残し、小走りに路地木戸にむかった。

雲十郎たちが路傍に立ってしばらく待つと、小弥太がもどってきた。

「います。……およねという女房もいっしょです」

小弥太によると、矢代の住む家の前を通りながら、腰高障子の破れ目からなかを覗《のぞ》いてみたという。

座敷のなかほどで、矢代が茶を飲んでいたそうだ。ちょうど、およねが座敷から土間に下りるところで、およねがいることも分かったという。

「女房がいっしょか」

雲十郎は、長屋に踏み込んで矢代を捕らえるなり、斬るなりするのは無理なような気がした。女房がいると、大騒ぎになるだろう。それに、女房まで斬りたくなかった。

「およねは、八ツ半（午後三時）ごろになれば、長屋を出るはずですよ。……長屋の者が、そのころ、およねは一膳めし屋の勤めに出ると言ってましたから」

小弥太が言った。

「八ツ半か」

雲十郎は、頭上に目をやった。

空は薄雲におおわれていたが、陽の位置はわかった。陽は西の空にかたむいていた。薄陽が、雲間から射している。

「そろそろ八ツ半ごろだな。どこかに身を隠して、およねが長屋から出るのを待つか」

雲十郎は路地の周囲に目をやった。

「あの欅の陰はどうです」

小弥太が指差した。

路地沿いにつづく小店や仕舞屋などがとぎれ、空き地になっている場所があった。その隅に太い欅が枝葉を茂らせていた。その欅のまわりが丈《たけ》の高い雑草でおおわれているので、欅の幹の陰にまわれば、身を隠すことができそうだ。

雲十郎たち三人は、欅の樹陰にまわった。それから小半刻（三十分）もしただろうか。路地木戸から女がひとり出てきた。年増である。縞柄の小袖で紺地の帯をしめていた。長屋の女房にしては、小洒落《こじゃれ》た身装である。

「およねです」

小弥太が言った。

およねは、下駄の音をひびかせて表通りの方へ歩いていく。そのおよねの姿が路地の先に消えてから、雲十郎たち三人は欅の陰から路地に出ようとした。

「待て！」

雲十郎が馬場と小弥太をとめた。

「路地木戸から、男が出てきたぞ」

牢人体だった。総髪で、大刀を一本落とし差しにしていた。小袖によれよれの袴姿である。

「矢代です！」

小弥太が声を上げた。

「こっちに来るぞ」

馬場が声を殺して言った。

矢代は、懐手をして雲十郎たちがひそんでいる方に歩いてくる。

「ここで捕らえよう」

雲十郎は、ここで矢代を捕らえ欅の陰に引き込めば、話を聞くことができると思った。

「おれが、峰打ちで仕留めるが、念のために馬場と小弥太は、やつの後ろにまわってくれ」

「承知」

馬場が言うと、小弥太もうなずいた。

雲十郎は身を屈め、音をたてないように草を分けながら、そろそろと路地に近付いた。

馬場と小弥太は、すこし遠回りして路地に近付いていく。矢代の背後に出ようとしているのだ。

雲十郎は路地近くまで来てから抜刀し、刀身を峰に返した。路傍の丈の高い雑草のなかに身を隠している。

矢代はまだ気付いていなかった。懐手をしたまま、雲十郎に近付いてくる。

矢代との距離が七間ほどにつまったとき、雲十郎は叢から路地に飛びだした。

一瞬、矢代は凍《こお》りついたようにつっ立ち、目を剝いて雲十郎を見つめたが、次の瞬間、ヒッ、という喉のつまったような悲鳴を洩らして後じさった。

雲十郎は刀を脇構えにとり、すばやい寄り身で矢代に迫った。

「お、おのれ！」

矢代が叫びざま抜刀し、斬撃の間合に踏み込んできた雲十郎を斬ろうとして刀を振り上げた。

刹那、雲十郎が刀身を横に払った。一瞬の太刀捌きである。

皮肉を打つにぶい音がし、矢代が身をかがめるような恰好で、低い呻き声を洩らした。顔が激痛でゆがんでいる。雲十郎の峰打ちが、矢代の腹を強打したのだ。矢代は刀を取り落とし、両手で腹を押さえて立っている。

「動くな！」

雲十郎が、切っ先を矢代の喉元に付けた。

そこへ、背後から馬場と小弥太が駆け付け、馬場が矢代の両肩をつかんだ。

「こっちへ来い！」

馬場が、後ろから押すようにして矢代を欅の方へ歩かせた。馬場は偉丈夫で力もあったので、矢代は抵抗もできずに欅の陰に連れ込まれた。

6

欅の幹の陰に連れ込まれた矢代は、苦痛に顔をゆがめていた。顔に脂汗《あぶらあせ》が浮いている。雲十郎の一撃が、肋骨《ろっこつ》を折ったのかもしれない。

「矢代、おれを知っているな」

馬場が矢代を睨みながら言った。

「……！」

矢代の目に、恐怖の色が浮いた。体が顫えている。目の前に立っている馬場が、溜池沿いの道で襲ったひとりだったと気付いたようだ。

「おれたちを襲ったのは五人だが、そのうち、四人は何者か知れた」

馬場が、矢代、念岳、猪之吉、田原の名を口にした。

雲十郎は黙っていた。この場は、馬場にまかせようとしたのである。

「だが、もうひとりが分からぬ。牢人らしいが、おぬし知っているだろう」

馬場が赭黒い顔を矢代の顔に近付け、語気を強くして訊いた。

「く、黒川平三郎《くろかわへいざぶろう》……」

矢代が声を震わせて言った。

「牢人か」

「いや、ちがう。黒川は御家人の冷や飯食いだ。もっとも、牢人と変わらぬ長屋暮らしだがな」

「その長屋はどこにある」

すぐに、馬場が訊いた。

「本所《ほんじょ》、緑町《みどり》――」

矢代は隠さなかった。おそらく、田原たちに金で買われて仲間になっただけなので、隠す気もないのだろう。

本所緑町は、竪川《たてかわ》沿いに一丁目から五丁目までつづいている。

「長屋の名は？」

「権右衛門店《ごんえもんだな》だ」

矢代によると、長屋に行ったことはないので、何丁目にあるか分からないという。

馬場の後ろにいた小弥太が、

「明日にも、ゆいどのといっしょに権右衛門店をつきとめますよ」と、小声で言った。

馬場はつづいて、田原、念岳、三郎太の隠れ家を訊いたが、矢代は知らないようだった。

馬場の訊問が一通り終わったとき、

「ところで、佐久裕三郎を知っているか」

と、雲十郎が訊いた。

「知っている」

すぐに、矢代が言った。

「あやつ、何者だ」

「牢人だ。……理由は知らぬが、若いころ剣術道場の兄弟子をふたり斬って家を出たそうだ。その後は、辻斬りなどして暮らしているらしい」

「どこの道場だ」

雲十郎は、道場が分かれば佐久の遣う流派も知れると思った。

「本郷にある草川道場と聞いたが……」

矢代が語尾を濁した。はっきりしないらしい。

「草川道場なら、一刀流だな」

雲十郎は、本郷に中西派一刀流を指南する草川道場があることを知っていた。雲十郎は、本郷に出かけて門弟から佐久のことを訊いてもいいと思った。

「ところで、佐久はどこに住んでいる」

雲十郎が声をあらためて訊いた。

「神田小柳町の長屋だと聞いた覚えがあるが、いまも、いるかどうか……」

矢代は、また語尾を濁した。小柳町のことは、猪之吉から聞いていた。

「長屋の名は分かるか」

知りたいのは、店名である。

「それが、分からないのだ」

矢代は首をひねった。

「うむ……」

長屋の名が分からないと、探すのがむずかしいかもしれない。雲十郎が、小弥太に目をやると、

「何とか、探してみますよ」

小弥太が小声で言った。

それから、雲十郎が、矢代や黒川に金を渡したのは、だれか訊いた。矢代や黒川

は、金を渡されて田原たちの仲間にくわわったにちがいない。

「田原どのだ」

矢代が答えた。

「やはりな」

雲十郎は、その金は大松屋から出たのではないかと推測した。

雲十郎たちは矢代の訊問を終えると、今夜のうちに、矢代を山元町の借家に連れていき、その後は浅野と大杉に話して、どうするか決めてもらおうと思った。

翌朝、馬場が藩邸に出かけ、大杉と浅野に矢代のことを話すと、とりあえず駕籠に乗せて藩邸まで連れてくるよう指示された。浅野も、矢代に訊問するつもりらしかった。場合によっては、矢代から事件にかかわる口上書を取りたい気持ちがあるのだろう。駕籠を使うよう指示したのは、藩邸にいる巻枝や松井田に知られないためであろう。

雲十郎たちが矢代から話を聞いた三日後、ゆいと小弥太が借家に姿を見せ、黒川の住む権右衛門店が知れたことを話した。

黒川の住む権右衛門店は緑町五丁目で、竪川にかかる三ツ目橋《みつめばし》の手前にあるという。

「どうします」

ゆいが訊いた。

「黒川も捕らえよう」

雲十郎は、矢代が知らないことを黒川が知っているかもしれないと思った。

雲十郎たちは、芝口橋近くの桟橋《さんばし》から小弥太の漕《こ》ぐ猪牙舟《ちょきぶね》に乗った。ゆいたち梟組はいつでも使えるように舟が一艘《いっそう》桟橋に用意してあり、必要なときは利用するようにしていた。それに、梟組の者たちほとんどが、舟を漕ぐことができた。隠密として活動するとき、舟を使わなければならないこともあるので、訓練してあるようだ。女のゆいも舟が漕げたが、いまは小弥太が漕いでいる。

雲十郎たちが、舟を使うことにしたのは、山元町から本所緑町までの道程が遠いこともあったが、それより黒川を捕らえた後、山元町の借家なり愛宕下の藩邸なりに連れていくためだった。緑町から山元町や愛宕下までの長い町筋を、捕らえた黒川を連行していくと人目を引いてしまう。

雲十郎たちの乗る舟は、汐留川から江戸湊《みなと》に出て、陸《おか》沿いを大川の河口にむかって進んだ。そして、大川をさかのぼり、両国橋の手前から竪川に入った。竪川を東にむかえば、緑町に出られる。

舟は竪川にかかる一ツ目橋《ひとめばし》、二ツ目橋《ふためばし》とくぐり、さらに東にむかった。竪川には、大川に近い一ツ目橋から順に二ツ目橋、三ツ目橋とかかっている。

前方に三ツ目橋が迫ってきたところで、

「舟をとめやすぜ」

と、小弥太が声をかけ、水押しを左手にある船寄に近付けた。

雲十郎たちが舟から下り、小弥太が舟を繋ぐのを待ってから、竪川沿いの通りに出た。

「こっちです」

小弥太が先にたった。

7

小弥太が連れていったのは、裏路地にある古い棟割《むねわ》り長屋だった。

小弥太によると、黒川は独り者だという。長屋の住人との付き合いもあまりないらしいので、雲十郎たちは黒川の家に直接踏み込んで取り押さえることにした。雲十郎も馬場も、黒川が抵抗するようならその場で斬ってもいいと思っていた。それというのも、黒川から新たに聞き出すことはすくないとみていたのである。

黒川は、長屋の座敷でひとり貧乏徳利の酒を飲んでいた。無精髭《ぶしょうひげ》や月代《さかやき》が伸び、むさくるしい貧乏牢人そのものだった。

黒川は、雲十郎たちにまったく抵抗しなかった。家に入ってきた雲十郎と馬場の姿を見て、抵抗しても敵《かな》わないとみたのかもしれない。

雲十郎と馬場は刀を黒川にむけることもせず、黒川の前後に腰を下ろすと、

「すでに、矢代又蔵はおれたちが捕らえた」

と、雲十郎が切り出した。

「そうか」

黒川は驚いたような素振《そぶ》りも見せなかった。

雲十郎が、田原や念岳の隠れ家を訊くと、

「おれは、知らぬ」

ぼそりとそう言った後、黒川は、「畠沢藩の者のところに、身をひそめていると聞いた覚えがある」と、言い添えた。

「畠沢藩の者とは」

すぐに、雲十郎が訊いた。

「おれは、そう聞いただけだ。あとのことは、分からない」

黒川は他人事《ひとごと》のように言った。

「うむ……」

雲十郎は、藩士の住む町宿に身を隠しているのではないかと思った。当然、田原たちに味方する藩士であろう。年寄の松井田の息のかかった者かもしれない。

つづいて、雲十郎は黒川に、

「おぬしたちに、金が渡されたはずだが、だれから出た」

と、訊いてみた。すでに、矢代から聞いていたが、念のためである。

「田原どのだ」

黒川は、隠さずに答えた。

「田原はどこから、金を手に入れたのだ」

「大松屋だと聞いている」

黒川ははっきり答えた。

「やはりそうか」

田原たちに金を出しているのは大松屋にまちがいないようだ。

「ところで、佐久裕三郎を知っているな」

雲十郎が声をあらためて訊いた。

「知っている」

「どこに、住んでいる」

「神田小柳町の長屋と聞いたが……」

黒川は、矢代と同じように店名は知らなかった。

「遣い手のようだな」

雲十郎が、さらに水をむけた。

「佐久は強い。……やつには、敵わぬ」

黒川が顔をきびしくして言った。黒川も遣い手らしく、佐久の恐ろしさが分かっているようだ。

「一刀流を遣うそうだな」

「流派はともかく、やつが遣うのは死人の剣だ。……死者ほど、恐ろしい相手はいないからな」

黒川が低い声で言った。

「うむ……」

黒川の言うとおりだった。死を恐れぬ者は、捨て身になれる。真剣勝負において、捨て身で斬り込んでくる敵ほど、恐ろしい相手はいないのだ。

雲十郎たちは訊問を終えると、黒川を長屋から連れ出し、竪川の桟橋に繋いである舟に乗せた。矢代と同じように、黒川は浅野に任せるつもりだった。

第四章　待ち伏せ

1

「鬼塚、行ってくるぞ」

馬場は雲十郎に声をかけ、戸口から出た。

愛宕下の藩邸に行くのである。徒士の任務のためだが、浅野から矢代と黒川のその後の様子を訊いてみるつもりだった。

馬場たちが、黒川を訊問してから三日経っていた。まだ、ゆいと小弥太から、田原や佐久の居所が知れたという知らせはなかった。雲十郎はまだ借家にいたが、久し振りで山田道場に行くと話していた。

馬場は戸口から路地に出ると、表通りの方に足をむけた。五ツ（午前八時）過ぎであろうか。陽はだいぶ高くなっている。

借家から二町ほど歩くと、路地沿いの家がとぎれ、左右が畑と空き地になっている場所があった。右手の空き地は、丈の高い雑草や笹が生い茂っている。その空き地の隅に、深緑の葉叢につつまれた樫《かし》の木が立っていた。

馬場が樫の木まで十間ほどの距離に近付いたとき、ふいに葉叢の陰から人影が通りにあらわれた。

　牢人体の男だった。総髪で、黒鞘の大刀を一本だけ落とし差しにしていた。痩せて、肉をえぐり取ったように頬がこけていた。青白い、生気のない顔をしている。

　……佐久だ！

　馬場の足がとまった。驚いたように目を剝いている。

　姿を見せたのは、佐久裕三郎だった。佐久はゆっくりとした足取りで、馬場に近付いてきた。まるで、死人のようだが、その身辺には異様な殺気があった。馬場にむけられた細い目には、刺すような鋭いひかりが宿っている。

　咄嗟に、馬場は逃げようとしたが、思いとどまった。馬場も鏡新明智流の遣い手だった。ひとりの剣客として、佐久の遣う剣が、どのようなものか興味があったのだ。それに、反転して逃げるのはむずかしいほど佐久は近付いていた。

「佐久裕三郎か」

　馬場が誰何した。

「いかにも」

　佐久は、馬場とおよそ四間ほどの間合をとって足をとめた。まだ、両手は下げたままである。

「おれに何か用か」

「おぬしを斬りに来た」

佐久が、くぐもった声で言った。

「田原たちに頼まれたのか」

「そうだが、おぬしの遣う鏡新明智流の剣と勝負したい」

言いざま、佐久は刀に手をかけた。

「やるしかないようだな」

馬場は、大刀を抜きはなった。

「いくぞ」

すぐに、佐久も抜いた。

近くを通りかかった職人ふうの男が、馬場と佐久が刀を手に対峙しているのを見て慌てた様子で逃げだした。

馬場は青眼に構え、切っ先を佐久の目線につけた。どっしりと腰の据わった隙のない構えである。

対する佐久は下段に構えたが、ゆっくりとした動きで刀身を右脇にもっていった。覇気のない構えで、刀身をだらりと下げている。異様な構えである。

……この構えか！

馬場は、雲十郎から佐久の構えを聞いていた。佐久は死人のように立っているが、その全身から痺れるような剣気をはなっている。

……迂闊《うかつ》に仕掛けられぬ。

馬場は対峙したまま動かなかった。佐久が刀身を垂らした異様な構えからどう仕掛けてくるか読めなかったのである。

すると、佐久が足裏を摺るようにして間合をせばめ始めた。佐久の構えは、まったくくずれなかった。右脇に垂らした刀身が、スーと近付いてくる。

馬場は、佐久との間合が近付くにつれ、下から突き上げてくるような威圧を感じた。腰が浮き上がりそうである。

馬場は佐久が斬撃の間合に踏み込んでくる前に構えをくずそうと思い、突如、イヤアッ！　と裂帛の気合を発した。

大気を震わすような凄まじい気合だった。

一瞬、佐久の死人のような顔に驚きの色が浮いたが、すぐに消え、そのまま間合をつめてきた。

ふいに、佐久の寄り身がとまった。前に出た左足が、斬撃の間境にかかっている。

つッ、と佐久の左足が前に出た。瞬間、佐久の全身に斬撃の気がはしった。

この動きに、馬場が反応した。

イヤアッ！

鋭い気合を発し、踏み込みざま斬り込んだ。

青眼から袈裟へ――。

刃唸りをたてて、馬場の切っ先が佐久の肩先を襲う。

刹那、佐久が後ろに身を引いた。一瞬の動きである。

馬場の切っ先が、佐久の肩先をかすめて空を切った。次の瞬間、佐久が刀身を横一文字に払った。神速の払い斬りである。

バサッ、と馬場の右袖が裂け、右の二の腕に焼鏝《やきごて》を当てられたような衝撃がはしった。

咄嗟に、馬場は背後に大きく跳んだ。佐久の二の太刀を避けるために、体が反応したのだ。

馬場は大きく間合をとってから、ふたたび青眼に構えた。あらわになった右の二の腕から血が流れ出ている。

ただ、右腕は動いた。傷は浅くないが、筋や骨に異常はないようだ。

……これが、佐久の見切りの剣か！

馬場は、雲十郎から見切りの剣のことも聞いていた。刀をだらりと垂らした構えのまま間合に踏み込んで相手に斬り込ませ、その切っ先を見切ってかわしざま斬り込む。後の先の太刀である。

「よくかわしたな」

佐久は表情も変えずにつぶやくと、ふたたび刀身を右脇に垂らした。

「……！」

馬場の顔がこわばった。

「だが、次はかわせぬ」

言いざま、佐久は足裏を摺るようにして馬場との間合をつめ始めた。

……やられる！

馬場は頭のどこかで思った。

すると、馬場の背筋に冷たいものがはしり、全身が粟立《あわだ》った。恐怖である。

馬場の体が硬くなり、青眼に構えた切っ先が小刻みに震えだした。恐怖は身を硬直させ、一瞬の動きをにぶくする。こうなると、もう勝負にならなかった。

……逃げねば！

と、馬場は思った。

背後に、丈の高い雑草や笹でおおわれた空き地があった。空き地の先は、長屋の板塀になっている。

咄嗟に、馬場は空き地のなかに逃げ込もうと思った。

馬場はすばやく後じさり、佐久との間合があくと反転した。馬場は飛び込むような勢いで、草藪のなかに駆け込んだ。

佐久は驚いたような顔をして寄り身をとめたが、

「逃げるか!」

と声を上げ、馬場の後を追った。

バサバサと、馬場は両手で草や笹など掻き分けながら走った。巨体が笹藪をなぎ倒していく。まさに、巨熊が草藪を逃げていくようだ。

馬場の顔や首などに茨《いばら》や笹が当たり、ひっ掻き傷ができたが、そんなことに構っていられなかった。背後から佐久に追いつかれれば、命はない。

空き地を抜けると、長屋をかこった板塀に突き当たった。馬場は塀沿いを懸命に走った。塀の角をまがったとき、背後の草藪を掻き分ける音が、聞こえなくなった。佐久は追うのをあきらめたようだ。

……た、助かった！

馬場は足をとめた。

あらためて、右腕に目をやると、傷口から迸《ほとばし》るように出血している。馬場は切り裂かれた袖を傷口に押し当てて左腕で押さえると、板塀の角をまがった。遠回りし、路地に出ずに雲十郎のいる借家にもどるつもりだった。

2

雲十郎は、戸口から血まみれになって入ってきた馬場を見て、

「馬場、どうしたのだ！」

と、思わず声を上げた。

ひどい姿だった。髷は乱れ、顔はひっ掻き傷だらけだった。まるで、芥溜《ごみた》めで餌《えさ》を漁《あさ》った後のどら猫のような顔である。しかも、右袖が裂け、どっぷりと血を吸っている。

「き、斬られた、佐久に」

馬場が顔をしかめて言った。

「ともかく、傷の手当てをせねば――。座敷に上がれ」

雲十郎は馬場を座敷に上げると、こんなときのために用意してある金創膏《きんそうこう》と晒《さらし》を奥の座敷からもってきた。

まず、裂けた袖を切り取り、傷口の血を拭《ふ》き取ってから、金創膏をたっぷり塗った晒を傷口に押し当て、別の晒で強く縛った。

「これでいい」

雲十郎が言った。出血さえとまれば、命にかかわるようなことはないだろう。

「た、助かった……」

馬場がほっとしたような顔をした。

「どうしたのだ」

あらためて、雲十郎が訊いた。

「近くの路地で、佐久が待ち伏せしていたのだ」

馬場が顔をしかめながら、そのときの様子を話した。めずらしく、馬場の顔に恐怖の色が浮いた。そのときのことが、胸に蘇《よみがえ》ったらしい。

「よく逃げたな」

馬場が逃げずに、佐久と闘っていたら斬り殺されていただろう。

「あやつ、まさに死人の剣だ」

馬場が顔をこわばらせて言った。

「うむ……」

雲十郎も、佐久が強敵であることが分かっていた。

「まだ、佐久はいるかな」

馬場が小声で言った。

「いや、いまはいないはずだが……」

雲十郎には、懸念があった。佐久は、雲十郎と馬場がこの家に住んでいることを知っていて待ち伏せしていたのである。佐久は、これからも雲十郎と馬場を狙ってくるだろう。

雲十郎がそのことを話すと、

「ひとりで、家を出られないのか」

馬場が眉を寄せた。

「いつも、ふたりでいっしょにいることはできないぞ」

佐久にすれば、物陰に身を隠して雲十郎と馬場がひとりで通りかかったときだけ、仕掛ければいいのである。

「どうする」

馬場が訊いた。

「佐久や田原を始末するまで、ここには住めないな。……下手をすると、寝込みを襲われるかもしれない」

佐久だけが、相手ではない。念岳や田原もいるのである。

「そうだな」

馬場が、困惑したように顔をゆがめた。

「馬場は、藩邸の長屋に住めないのか」

藩邸内に、佐久や田原が踏み込むことはないはずである。

「同じ徒士組の長屋にもらうことはできるが……。鬼塚もいっしょか」

「いや、おれは山田道場においてもらうことはできるが……。道場まで踏み込んでくることはあるまい。それに、いつでも稽古ができるからな」

しばらくの間なら、道場のつづきにある着替えの間で寝ることができるだろう。それに、道場と藩邸はそれほど遠くないので、馬場と連絡を取り合うのも容易である。

「そうするか」

馬場がうなずいた。

ふたりは、当座に必要な衣類を風呂敷に包み、借家を出た。そのまま藩邸にむかい、まず大杉に会った。

雲十郎たちが大杉に事情を話すと、

「そういうことなら、鬼塚も藩邸に寝泊まりしたらどうだ」

と、大杉が言った。

「長引くようなら、そうさせてもらいます」

雲十郎は、山田道場の方が気が楽だったのである。

「鬼塚の好きにするがいい」

大杉は、それ以上言わなかった。


雲十郎はひとりで藩邸を出ると、そのままの足で山田道場にむかった。道場には門弟たちといっしょに浅右衛門もいたので、雲十郎が、事情があって、しばらく山元町の借家を出ねばならないので、着替えの間に寝泊まりさせてもらいたいと話すと、浅右衛門は快《こころよ》く承知してくれた。

雲十郎は、猪之吉のことを浅右衛門の耳に入れておこうと思い、

「お師匠、千住の甚兵衛の首を落とした帰りに、若い男に襲われたことを覚えておら

れますか」

と、切り出した。

「覚えている。……確か、親分の敵、と叫んだな」

そう言って、浅右衛門が眉を寄せた。浅右衛門の胸の内には、その若者のことが懸念として残っているのだろう。

「先日、その男と会いました」

雲十郎は、あえて猪之吉の名は口にしなかった。浅右衛門に訊かれてから、知らせればいいと思ったのである。

「それで」

浅右衛門が話の先をうながした。

「土壇場に引き出された甚兵衛は覚悟ができていて、お師匠に打たれることを喜び、自ら首を差し出したことを話したのです。すると、その男は心を打たれ、お師匠を恨むのは筋違いだと気付いたようです」

「その男は、いまどうしているな」

浅右衛門が訊いた。

「生まれ育った千住に帰ると言っていました」

「そうか」

浅右衛門はそれ以上何も言わなかったが、顔の表情はやわらいでいた。

浅右衛門と話した後、雲十郎は腰に刀を帯びて道場に立った。佐久の剣と闘うために、居合の工夫をしようと思ったのである。雲十郎は、佐久を居合の抜きつけの一刀で斃すのはむずかしいとみていた。

雲十郎は、脳裏に佐久の刀身を右脇に垂らした構えを思い描いた。

……横霞と縦稲妻を遣ってみよう。

雲十郎は、佐久に対して横霞から連続して縦稲妻を遣ってみることにした。横から縦へ連続して斬撃をあびせるのである。

雲十郎が佐久に身を寄せ、居合の抜きつけの間合に入るや否や、鋭い気合とともに横一文字に抜きつけた。

一瞬、脳裏に描いた佐久は、絶妙な見切りで雲十郎の横霞の切っ先をかわした。

次の瞬間、佐久は刀身を横に払った。

間髪をいれず、雲十郎は縦稲妻をはなった。

佐久の横へはしる切っ先と、雲十郎の縦から斬り下ろした切っ先が、眼前で十文字に交差した。

……やや遅れた！

雲十郎は、佐久の横へ払った斬撃の方が迅いとみた。

雲十郎は横一文字から振りかぶるまでに間があり、一瞬、遅れるようだ。横から縦へ——。一太刀のように連続してふるわねば、佐久の斬撃に遅れる、と雲十郎はみた。

雲十郎は横霞から縦稲妻へ、繰り返し繰り返し、刀をふるった。半刻（一時間）ほどすると、雲十郎は汗まみれになったが、刀を下ろさなかった。佐久の見切りの剣をやぶるには、佐久より迅く縦稲妻の剣をふるうしかないのだ。

さらに、半刻ほどすると、道場内は薄闇につつまれ、いつの間にか門弟はいなくなっていた。それでも、雲十郎は横霞から縦稲妻の太刀をふりつづけた。

雲十郎のふる刀身のひかりが、横から縦へ十文字に闇を切り裂いている。

3

「あの男、ただの町人ではない」

ゆいは、大松屋の店に入っていく中背の町人に目をとめた。

男は大松屋の印半纏に黒股引姿だった。だれが見ても、大松屋の奉公人か、雇われている船頭だろう。だが、ゆいは男が暖簾《のれん》をくぐって店に入るときの敏捷そうな動きに、奉公人や船頭にはない異質なものをみたのだ。それは、忍者のような身のこなしである。

ゆいは、梟組のなかにも同じような動きをする者がいたので、その男が特殊な訓練を積んでいることを看破《かんぱ》したのだ。

……三郎太かもしれない。

と、ゆいは思った。

ゆいは、江添三郎太という忍者のような男が、田原の配下にいると聞いていた。

ゆいは中背の男が何者なのか、正体を確かめてみようと思い、日本橋川沿いの桜の樹陰に身を寄せた。男が店から出てくるのを待って、跡を尾けてみようと思ったのだ。

ゆいは、どこの町筋でも見かける年増のような恰好をしていた。ちいさな風呂敷包みを胸にかかえ、細縞の小袖に樺茶地《かばちゃじ》の渋い帯、黒塗りの下駄をはいている。

ゆいが樹陰に隠れていっときすると、中背の男が出てきた。風呂敷包みを抱えている。店に入ったときは、手にしていなかったので、店で渡されたらしい。男は、日本橋川沿いの道を川上にむかっていく。

ゆいは、男の姿が半町ほど過ぎたところで、樹陰から通りに出て男の跡を尾け始めた。尾行は楽だった。日本橋川沿いの道は人通りがあったので、普通に歩いていれば、男が振り返っても尾行者とは思わないだろう。

男は小網町三丁目、二丁目と歩き、入堀にかかる思案橋《しあんばし》のたもとまで来ると、右手におれた。そこは、入堀沿いの通りである。

男は入堀沿いの通りを北にむかって歩き、堀の突き当たりの表通りまでいって右手に足をむけた。そして、すぐに呉服屋の脇にある路地に入った。そこは堀留《ほりどめ》町二丁目である。

ゆいは男の姿が見えなくなったので、小走りになって呉服屋の脇まで来た。路地の角から覗くと、男の後ろ姿が見えた。男は細い路地を足早に歩いていく。

ゆいは、男の姿がすこし遠ざかってから、路地に踏み込んだ。そこは人通りがすくなかったので、近付くと気付かれる恐れがあったのだ。

ふいに、前を行く男が仕舞屋の前でたちどまった。

ゆいは、すばやく路地沿いにあった八百屋の脇に身を寄せて姿を隠した。

男は仕舞屋の戸口に立ち、路地の左右に目をやってから引き戸をあけて家に入った。その仕舞屋が、男の塒であろうか。

ゆいは身を隠さず、路地のなかほどを歩いた。相手に忍びの心得があるなら、下手に身を隠そうとするとかえって不審を抱かれる。むしろ、通行人を装《よそお》って堂々と歩いた方が気付かれないのだ。

それでも、ゆいは仕舞屋の近くまで行くと、下駄の音をさせないようにして歩いた。足をとめずに、仕舞屋の戸口近くに近付いて聞き耳をたてたが、家のなかから障子をあけるような音がかすかに聞きとれただけである。

ゆいは仕舞屋の前をそのまま通り過ぎ、一町ほど離れたところに下駄屋があったので、立ち寄った。仕舞屋の住人のことを訊いてみようと思ったのだ。

店の奥の小座敷にあるじらしい初老の男が座して、木履《ぽっくり》に赤い鼻緒をつけていた。

「旦那、ちょいと」

ゆいは、客商売の年増らしい物言いで声をかけた。

初老の男は顔を上げ、ゆいを目にすると、急に満面に笑みを浮かべ、

「姐《ねえ》さん、下駄ですか」

木履を置いて、腰を上げた。やはり、店のあるじらしい。

「訊きたいことが、あってね」

ゆいがそう言うと、あるじの顔から拭い取ったように笑みが消えた。客ではないとみて、態度を変えたのである。

それでも、あるじは上がり框の近くに膝を折り、

「なんです、訊きたいことって」

と、ゆいを見上げて訊いた。

「悪いねえ、商いの邪魔をしてしまって……」

ゆいは済まなそうな顔をし、袂から波銭を何枚か摘《つま》み出すと、「とっといておくれ」と言って、あるじの手に握らせてやった。ゆいは、こんなときのために鼻薬がすぐに使えるように用意していたのである。

「姐さん、何を訊きたいんです？」

あるじは、また満面の笑みを浮かべた。

「一町ほど行った先に、仕舞屋があるでしょう」

ゆいが、仕舞屋の方を指差した。

「ありますが……」

「いまね、あの家に男が入っていったんだよ。あたしが、むかし世話になった男のよ

うな気がするんだけど――」

「島吉《しまきち》さんですか」

あるじが言った。どうやら、仕舞屋に入った男は島吉と名乗っているらしい。

「そう、島吉さん」

ゆいは、名はどうでもよかった。三郎太であれば、本名を名乗るはずはないのだ。

「島吉さん、いつごろから、あの家に住むようになったんだい」

「まだ、来たばかりですよ。……はっきりしませんがね、ここ一月《ひとつき》ほど前から、よく見かけるようになりました」

「一月ねえ」

ゆいは、やはり三郎太だと思った。三郎太が江戸に入ったのはいつかはっきりしないが、三月も四月《よつき》も前でないことは確かである。

「女が、いっしょじゃァないでしょうね」

ゆいが、目をつり上げてみせた。

「独りのようですよ」

あるじが、口許に薄笑いを浮かべた。

「あの家に、独りで住んでるのかい」

「独りのようだが、生業は何なのか……。ときおり、お侍が出入りしてますよ」

あるじが首をひねった。

「お侍が出入りしているのかい」

ゆいは、驚いたような顔をしてみせたが、腹のなかでは三郎太にまちがいないと思った。出入りしている侍は、田原たちではあるまいか。

「牢人かい」

「牢人には見えないねえ。羽織袴姿や、裁着袴姿のお侍でしたから」

「ひとりではないのかい」

「小柄な方と、背丈のある方を見かけましたよ」

「だれだろうねえ」

ゆいは小首をひねった。小柄な武士は、田原だろうと思った。背丈のある方は分からない。

「島吉さんが、住む前は、だれがあの家に住んでたんだい」

「お侍さまでしたよ。三月ほど前に越しましたが」

ゆいが訊いた。

「旦那は、そのお侍を知ってるのかい」

「お大名の家臣の方で、お屋敷が愛宕下にあると言ってましたよ。名は、なんていったかな。マキタだったか、マキカワだったか、マキがついたのは覚えているんだが……」

あるじは、思い出せないらしく、首をひねっている。

「マキがつく名ねえ……」

ゆいは、畠沢藩の江戸勤番の蔵方に巻枝益蔵という男がいるのを思い出した。たしか、年寄の松井田の配下として動いているはずである。

「巻枝さまじゃァないかい」

ゆいは、畠沢藩の蔵方の巻枝益蔵の名を口にしてみた。

「そうだ、巻枝さまだ！」

あるじが、声を大きくして言った。

「……！」

ゆいの頭のなかで、松井田と田原たちがつながった。巻枝をとおして連絡を取り合っていたのではあるまいか――。

同時に、ゆいは、三郎太がなぜいまの借家に住むようになったかも分かった。そこは、巻枝が三か月前まで町宿としていた住んでいた借家である。巻枝が町宿から藩邸に移り、あいたままになっていた借家に、出府した三郎太が入ったのだ。

「旦那さん、手間をとらせて悪かったねえ」

ゆいはそう言い残し、下駄屋から出た。それ以上、あるじから訊くことはなかったのである。

4

ゆいと雲十郎は、平川町の山田道場の戸口にいた。ゆいが山田道場の門弟に声をかけて、雲十郎を呼んでもらったのだ。

「雲十郎さまにお知らせすることがあります」

ゆいが、小声で言った。

「歩きながら話すか」

道場の前に立って話すわけにはいかなかった。門弟が道場に出入りする。

雲十郎とゆいは、表通りを紀尾井坂の方へむかって歩いた。

「知らせることとは？」

雲十郎が歩きながら訊いた。

「三郎太の居所が知れました」

ゆいが、雲十郎の背後を歩きながら、三郎太らしい男を大松屋の店先から尾行し、堀留町の借家に入ったことなどをかいつまんで話した。

「その家は、藩士の巻枝益蔵が三月前まで町宿として住んでいた借家なのです」

ゆいが、言い添えた。

「巻枝というと、蔵方か」

雲十郎は、巻枝の名を聞いたことがあった。年寄の松井田の配下らしい。

「そうです」

ゆいは、下駄屋のあるじから話を聞いた後、念のために路地沿いの別の店に立ち寄って話を聞き、巻枝益蔵であることを確かめてあった。

「三郎太の隠れ家を世話していたのは、巻枝か！」

思わず、雲十郎の声が大きくなった。

「そのようです」

「となると、田原たちや山之内の隠れ家も、巻枝が世話しているのかもしれんな」

雲十郎は、巻枝が年寄の松井田の指図で動き、出府した田原たちや山之内の隠れ家を探してやったのではないかとみた。当然、松井田の意向も田原たちに伝えていたのであろう。その意向を伝える足として使っていたのが、猪之吉である。

猪之吉は巻枝からの指図を結び文に記し、大松屋を介して三郎太や田原たちに伝えていたにちがいない。

「松井田と田原たちのつながりが見えてきたな」

雲十郎が言った。

「それに、堀留町の借家には、ときどき田原たちも顔を出すようです」

下駄屋のあるじは、背丈のある武士も借家に姿を見せると言っていたが、ゆいには、まだそれがだれか分からなかった。

「巻枝をたたけば、田原たちの隠れ家も知れるな」

それればかりではない。松井田や大松屋の悪事も見えてくるのではないかと思った。

「巻枝を捕らえますか」

ゆいが訊いた。

「その前に、三郎太を捕らえる手もあるな」

三郎太や田原たちは、雲十郎たちが巻枝を捕らえれば隠れ家が知れると思い、隠れ家から姿を消すのではあるまいか。

「ともかく、お頭たちと相談してみよう」

そんな話をしながら、雲十郎とゆいは紀尾井坂を経て、溜池沿いの道まで来ていた。雲十郎は藩邸に立ち寄り、馬場と会った上で、ゆいから聞いた話を大杉や浅野に伝えようと思った。

「ところで、ゆい、佐久の居所は知れたか」

雲十郎が訊いた。ゆいと小弥太とで、神田小柳町を探す手筈になっていたのだ。

「まだですが、近いうちに知れるはずです」

ゆいによると、小弥太が連日小柳町を歩いて、佐久らしい牢人の住む長屋を探しているという。ただ、いまのところ佐久らしい牢人の住む長屋は、見つかっていないそうだ。

「ゆい、佐久の居所が知れてもけっして手を出すな。あやつは、尋常《じんじょう》な相手ではない」

雲十郎が念を押すように言った。

「はい」

ゆいは、顔をひきしめてうなずいた。

雲十郎とゆいは、愛宕下の大名小路へ入ったところで別れた。ゆいは藩邸に入る気はなかったのである。

雲十郎は藩邸に入ると、まず馬場のいる徒士の住む長屋に足を運んだ。馬場に会い、大杉と浅野に伝えたいことがあると話すと、すぐに馬場はふたりの許に走った。

大杉の指示で、雲十郎たちは大杉の小屋に集まった。座敷に顔をそろえたのは、大杉、雲十郎、馬場、浅野の四人だった。

「だいぶ、様子が知れてきましたので、それがしからお知らせします」

雲十郎はそう前置きして、三郎太の居所が知れたこと、蔵方の巻枝が田原たちの隠れ家も探してやったらしいことなどを話した。

「やはり、巻枝か」

浅野が顔をけわしくして、藩邸の目付たちも巻枝に目をつけていたが、なかなか尻《しっ》尾《ぽ》がつかめないでいたことを言い添えた。

「そろそろ巻枝を捕らえて、口を割らせてもいいな」

大杉が目をひからせて言った。

「その前に、三郎太を捕らえたいのですが」

雲十郎が、巻枝を捕らえれば、三郎太や田原たちが隠れ家から姿を消すかもしれない、と言い添えた。

「ならば、三郎太が先だな」

大杉が言った。

雲十郎たちは、その場で三郎太を捕らえる手筈を相談した。

三郎太は借家にひとりで身をひそめているらしいので、それほどの人数はいらなかった。三郎太を捕らえにむかうのは、雲十郎、馬場、浅野、それに江戸に来ている小宮山の四人ということになった。

雲十郎は、ゆいの手も借りるつもりだった。捕らえた三郎太を藩邸まで連れてくるのに、舟を使いたかったのである。

三郎太の隠れ家は、日本橋堀留町にある。舟を使わなければ、日本橋の賑やかな通りや東海道を連行してこなければならない。幸い入堀がすぐ近くにあるので、舟を使えば、それほど人目につかずに藩邸へ連れ込むことができるはずだ。

「それで、いつやる」

浅野が訊いた。

「明後日の夕暮れ時は、どうでしょうか」

雲十郎は、ゆいに伝えねばならなかった。こちらからゆいと連絡を取りたいときは、山元町の借家の戸口に網代笠を吊しておくことになっていたが、ゆいが目にするのは、今夜か明日の早朝であろう。

「明後日だな」

浅野が顔をひきしめてうなずいた。

5

ゆいは年増のような身装で、堀留町二丁目の路地を歩いていく。ゆいの一町ほど後ろに、雲十郎と馬場の姿があった。さらに、十間ほどおいて浅野と小宮山が歩いている。

すでに、暮れ六ツ（午後六時）の鐘は鳴っていた。辺りは淡い夕闇につつまれ、路地沿いの店は表戸をしめている。人影もほとんどなく、ときおり居残りで遅くまで仕事をしたらしい職人ふうの男や酔った男などが、通り過ぎていくだけである。

ゆいが急に歩調をゆるめ、路地沿いにある仕舞屋を指差した。ゆいは後続の雲十郎たちに、その仕舞屋が三郎太の隠れ家であることを知らせたのである。

ゆいは、そのまま仕舞屋の前を通り過ぎた。この後、ゆいはどこかで身装を変え、入堀の船寄に繋いである舟で雲十郎たちを待つはずである。

「三郎太はいるかな」

馬場が声をひそめて訊いた。

「いるはずだ」

ゆいは、この場に雲十郎たちを案内して来る前、仕舞屋に三郎太がいることを確かめてあったのだ。

雲十郎と馬場は足音を忍ばせて、仕舞屋の戸口に近付いた。引き戸の隙間から、淡い灯が洩れている。行灯らしい。

雲十郎たちが戸口の前に足をとめて耳を立てると、かすかに床を踏む音が聞こえた。三郎太であろう。

その場で、雲十郎と馬場は浅野と小宮山が近付くのを待った。

浅野たちが戸口に身を寄せると、

「おれは、裏手だな」

馬場が声をひそめて言った。馬場は、裏手をかためる手筈になっていたのだ。

「おれは、縁側だったな」

浅野が濡れ縁の前に立つことになっていた。家の右手に狭い濡れ縁があったのだ。

濡れ縁の奥の座敷は雨戸がしめてあったので、そこから三郎太が飛び出すことはないとみたが、念のためである。

「いくぞ」

馬場が声を殺して言い、家の脇をとおって裏手にまわった。

すぐに、浅野もその場を離れた。

雲十郎は小宮山に目で合図してから、引き戸に手をかけた。戸はすぐにあいた。まだ、戸締まりはしてなかったようだ。

土間の先が、狭い座敷になっていた。だれもいない。その先にも座敷があり、障子に行灯の灯が映じている。

家のなかは、静寂につつまれていた。人声はむろんのこと物音も聞こえない。

……いる！

雲十郎は、障子の先に人の気配がするのを感じとった。三郎太であろう。

三郎太は、戸口の引き戸をあける音に気付いたはずである。おそらく、聞き耳をたてて戸口の物音を聞いているにちがいない。

雲十郎は、そっと刀を抜いた。そして、刀身を峰に返した。峰打ちで、三郎太を仕留めるのである。

小宮山も刀を抜いたが、峰に返さなかった。この場は雲十郎にまかせ、状況によっては三郎太を斬るつもりなのだろう。小宮山の顔がけわしくなり、双眸が薄闇のなかでひかっている。

いくぞ、と雲十郎は、目で小宮山に合図し、音を立てないように座敷に上がった。

そして、刀を低い八相に構え、腰を低くして忍び足で障子に近付いた。

そのとき、障子の向こうで人の立ち上がる気配がし、カラリ、と障子があいた。

姿を見せたのは、町人体の男だった。三郎太である。

三郎太は、匕首を手にしていた。

「鬼塚か！」

叫びざま、三郎太は匕首を胸の前に構え、いきなり雲十郎に飛びかかってきた。

獲物を襲う獣のような動きだった。三郎太は、手にした匕首を雲十郎の首筋を狙って横に払った。

一瞬、雲十郎は体を右手に倒して匕首をかわし、八相《はっそう》から居合の呼吸で刀身を横に払った。神速の太刀捌きである。

雲十郎の刀身が、三郎太の腹を強打した。

グワッ！

三郎太は吼えるような叫び声を上げてよろめき、足がとまると、膝を折ってうずくまった。

「動くな!」

雲十郎が、すばやく切っ先を三郎太の首筋につけた。

三郎太は、うずくまったまま苦しげな呻き声を洩らしている。そこへ、小宮山が近寄り、懐から細引《ほそびき》を取り出して、三郎太の両腕を後ろにとって縛った。

「猿轡《さるぐつわ》をかましておこう」

さらに、小宮山は用意した手ぬぐいを取り出し、三郎太に猿轡をかました。

雲十郎たちが三郎太を捕らえたことが分かったらしく、いっときすると馬場と浅野も家に入ってきた。

「もうすこし、暗くなってから連れ出すか」

雲十郎が馬場たちに言った。

まだ、路地をつつんでいるのは夕闇である。暗くなってから連れ出した方が、人目につかずに済むだろう。

それから半刻(一時間)ほどし、路地が夜陰につつまれてから、雲十郎たちは三郎太を連れ出した。

入堀の船寄で、ゆいが待っていた。着物の上に黒い半纏を羽織り、手ぬぐいをかぶっている。夜陰のなかで見れば、女とは思わないだろう。

浅野と小宮山も、ゆいのことは知っていたので何も訊かなかった。

「乗ってください」

ゆいが、雲十郎たちに声をかけた。

雲十郎たちが捕らえた三郎太を舟に乗せ、自分たちも船底に腰を下ろすと、ゆいが船寄から舟を離し、水押しを日本橋川の方へむけた。

雲十郎たちの乗る舟は、夜気につつまれた日本橋川の川面をすべるように下っていく。日本橋川から大川に入って川下にむかい、江戸湊の陸沿いをたどって汐留川に入る。そして、芝口橋付近の桟橋に舟を着ければ、藩邸のある愛宕下はすぐである。

6

先島の小屋の座敷に、六人の男の姿があった。雲十郎、馬場、先島、浅野、小宮山、それに捕らえてきた三郎太である。

座敷の隅に燭台《しょくだい》が置かれ、その火が男たちの顔を闇のなかに照らし出していた。ときおり、隙間風で炎が揺れ、男たちの姿や障子に映った影を掻き乱している。

「江添三郎太か」

浅野が訊いた。目付組頭の浅野が、訊問することになったのである。

「いかにも」

三郎太は、すぐに答えた。武士らしい物言いである。三郎太は、領内の郷士かもしれない。

「おまえは、田原と念岳の三人で江戸に来たのだな」

「そうだ」

三郎太は表情も動かさなかった。凝《じっ》と燭台の火を見つめている。その目が、火を映じて赤くひかっている。ただ、ときおり、顔をしかめることがあった。峰打ちをあびた腹が痛むのかもしれない。

「だれの指図で江戸に来た」

「師範代だ」

「田原か」

「いかさま」

三郎太は隠さなかった。もっとも、ここまでは浅野たちも承知していることである。

「田原は、広瀬の指図で出府したのだな」

「それは、知らぬ。師範代に訊いてくれ」

三郎太はそう答えたきり、田原のことは何も口にしなくなった。

「念岳も、鬼仙流一門だな」

やむなく、浅野は念岳のことを訊いた。

「そうだ」

「念岳も、田原の指図で出府したのか」

「それは、念岳どのに訊いてくれ。おれには、分からぬ」

三郎太は平然として言った。

「ところで、三郎太、田原と念岳の隠れ家はどこだ」

浅野が語気を強くして訊いた。

「おれは、知らぬ」

「知らぬはずはない。おまえが、繋ぎ役をしていたはずだ」

「知らぬものは、知らぬ」

そう言うと、三郎太は口をとじ、浅野が何を訊いても答えなくなった。

やはり、一筋縄ではいかないようだ。肝心《かんじん》なことになると、まったく話そうとしない。

ふたりのやり取りを黙って聞いていた雲十郎が、先島の許しを得てから、

「仲間に佐久裕三郎という男がいるな」

と、静かな声で訊いた。

「……いる」

三郎太は、雲十郎に顔をむけて答えた。

「どうやって、仲間にくわえたのだ」

佐久は、江戸に住む牢人だった。田原や三郎太たちとの接点はないはずである。

「田原どのが辻斬りで武士を斬るのを見て、声をかけたのだ。……佐久どのは腕がたつ。いずれ、おぬしや馬場も仕留《しと》めるはずだ」

三郎太の口元に薄笑いが浮いたが、すぐに消え、また表情のない顔にもどった。

「矢代や黒川も、江戸で声をかけて仲間に引き入れたのか」

「そうだ。いずれも、腕を金で買ったのだ」

三郎太が抑揚《よくよう》のない声で言った。

「その金は、どこから出た」

すかさず、雲十郎が訊いた。

「おれは、知らぬ」

「大松屋ではないのか」

「そうかもしれん」

三郎太は他人事のように言った。

「おまえが、大松屋に出入りしていたのは分かっている。おまえの埒をつかんだのも、大松屋から出てきたおまえの跡を尾けたからだ」

「ならば、金も大松屋から出たのだろう」

三郎太は、うそぶくように言った。

それから、雲十郎が何を訊いても、三郎太は口をひらかなくなった。

その夜の訊問は、それで終わった。すでに、子《ね》ノ刻（午前零《れい》時）を過ぎていたのである。


翌日も、午後から雲十郎、浅野、馬場、小宮山の四人で、三郎太の訊問をつづけた。三郎太は、すでに雲十郎たちがつかんでいることや差し障《さわ》りのないことは話したが、肝心なことは頑《がん》として口をひらかなかった。やむなく、雲十郎がその場で斬首することまで仄《ほの》めかしたが、三郎太はそれでも白状しなかった。

「骨のある男だ。三郎太は、死んでも話すまい」

雲十郎が、別の部屋で浅野や小宮山を前にして言った。

「やむをえぬ。巻枝を捕らえて吐かせるか」

浅野が顔をけわしくして言った。


その日の夕刻、浅野と小宮山が先島に会い、巻枝を捕らえて吟味《ぎんみ》したい旨を話した。蔵方の藩士を捕らえるとなると、先島だけでなく江戸家老の小松にも許しを得ねばならないのだ。

先島はすぐに動いた。まず、巻枝を捕らえる許しを得るために小松の許に走った。

小松は先島から事情を聞くと、

「そこまで、巻枝が此度《こたび》の件にかかわっていることが明らかなら、取り押さえて吟味してみるがよい」

そう言って、承知した。

ところが、巻枝を取り押さえることはできなかった。小松の許しを得た翌日、浅野たちが巻枝の住む藩邸内の長屋に行くと、巻枝の姿が消えていた。

見張り役の者や巻枝の隣部屋で暮らしている藩士に訊くと、昨夜はいたが、今朝になると巻枝の姿がなかったという。

「おれたちの動きを察知して逃げたのだ」

浅野が悔しそうに言った。

浅野は念のために巻枝の住む長屋を目付に見張らせておいたが、見張り役が夜中にいっとき自分の住む小屋にもどったという。そのときに、逃走したらしい。

「まだ、手はある」

雲十郎が言った。

「手とは」

馬場が訊いた。

「巻枝は、田原たちの隠れ家に逃げたにちがいない」

「おれもそうみる」

浅野がうなずいた。

「その隠れ家だが、ひとつ分かっていることがある。黒川から話を聞いたとき、田原たちは藩士の住む町宿に身を隠しているらしい、と口にしたのだ」

「町宿か」

「藩士の町宿は、そう多くはあるまい。それに、巻枝や年寄の松井田さまとかかわりのある者は、何人もいないはずだ」

「すぐに、目付たちに探らせよう」

浅野が勢い込んで言った。

「それに、大松屋の筋もある。ここまで、大松屋の関与が知れているのだから、直接大松屋にあたってもいいのではないか」

雲十郎は、此度の一連の事件の背後で大松屋が大きな役割を果たしているとみていた。

第五章　襲《しゅう》撃《げき》

1

雲十郎は、浅野、小宮山とともに日本橋川沿いの道を川下にむかって歩いていた。大松屋に行って、あるじの繁右衛門から話を聞くためである。

八ツ（午後二時）ごろだった。おだやかな晴天のせいもあるのか、通りはいつもより賑わっているようだ。商家の旦那ふうの男、船頭、船荷を運ぶ大八車《だいはちぐるま》などが行き交うなかに、町娘や供連れの武士の姿も目にとまった。

大松屋は、箱崎橋《はこざきばし》近くの日本橋川沿いにあった。土蔵造りの二階建ての店舗である。廻船問屋の大店らしく、裏手には白壁の土蔵があり、店の脇には船荷をしまう大きな倉庫があった。

繁盛しているらしく、印半纏姿の奉公人や船頭、それに商家の旦那らしい男などが頻繁に出入りしている。

雲十郎たちは、大松屋の暖簾をくぐった。ひろい土間があり、その先が板敷きの間になっている。左手に帳場格子《ごうし》があり、番頭の登兵衛《とうべえ》が帳場机で算盤をはじいていた。登兵衛の背後には、大店らしく大福帳、算用帳などの帳面が、びっしりとかかっている。

登兵衛は店に入ってきた雲十郎たちに気付くと、慌てた様子で立ち上がり、上がり框のそばまで出てきた。

「これは、これは、浅野さま、お久し振りでございます」

登兵衛が、揉み手をしながら言った。すでに、浅野や雲十郎は、大松屋に来たことがあるので、登兵衛は知っていたのである。

「あるじの繁右衛門は、いるかな」

浅野が訊いた。

「おりますが、どのようなご用件でございましょうか」

登兵衛が顔の笑みを消して訊いた。

「ちと、訊きたいことがあるのだ」

浅野は、それだけしか言わなかった。

「てまえでは、済みませんか」

登兵衛の顔に警戒の色が浮いた。

「込み入った話でな。それに、あるじでないと訊けないこともある」

「さようでございますか。ともかく、お上がりになってくださいまし」

登兵衛はそう言って、雲十郎たち三人を板敷きの間に上げた。

雲十郎たちは帳場の脇を通り、こざっぱりした座敷に案内された。そこは、上客との商談の座敷だった。以前、雲十郎たちは同じ座敷に案内され、あるじの繁右衛門と話したことがあった。

登兵衛は、雲十郎たちが座敷に腰を落ち着けたのを見ると、

「すぐに、あるじを呼んでまいります」

と言い残し、座敷から出ていった。

しばらく待つと、障子があいて、登兵衛と繁右衛門が姿を見せた。繁右衛門は浅野と対座すると、

「浅野さま、ごくろうさまでございます」

と言って、頭を下げた。

繁右衛門も、浅野と会って話したことがあったのだ。三人のなかでは、浅野の身分が上と見ているようだ。

番頭の登兵衛も座敷に残り、繁右衛門の脇に膝を折った。話にくわわるつもりらしい。

「手間をとらせるが、あるじに訊きたいことがあってな」

浅野が切り出した。

「どのようなことで、ございましょうか」

繁右衛門の顔から笑みが消えていた。浅野にむけられた細い目に、射るようなひかりが宿っている。

「蔵方の巻枝が、店に来なかったか」

浅野が、巻枝の名を出して訊いた。

「巻枝さまなら、半月ほど前においでになりました」

「いや、昨日のことだ」

「昨日は、お見えになりませんが」

繁右衛門が言うと、脇にひかえていた登兵衛が、

「てまえも、お見掛けしておりません」

と、すぐに言い添えた。

「そうか。ところで、江添三郎太という男が店に来たな」

浅野は、三郎太に話を移した。

「江添さま……。はて、覚えがございませんが」

繁右衛門は登兵衛に目をやった。

「手前も、存じません」

と、登兵衛。

雲十郎は浅野と繁右衛門たちのやり取りを聞いていたが、

「それはおかしいな。三郎太がこの店に入り、店から渡された風呂敷包みを手にして出てくるのを見たのだがな」

と、口をはさんだ。雲十郎は、ゆいから聞いたことを話したのである。

「そ、それは……」

登兵衛が声をつまらせた。困惑したように顔がゆがんでいる。

「その三郎太ともうされる方は、町人ではございませんか」

繁右衛門が訊いた。

「身装は町人だが――」

「ああ、それなら知っておりますよ。頭から藩の方と思い込んでいたので、覚えがないとお答えしたのです。番頭さんも、そうですよ」

「はい、お武家さまとばかり思っておりましたので」

登兵衛が、慌てて言った。

「そういえば、三郎太さんは、畠沢藩のご家中の方の供をして店に来たことがありましたな。……中間ではないですか」

繁右衛門がもっともらしい顔をして言った。

「だれの供だ」

すかさず、浅野が訊いた。

「番頭さん、だれでしたかね」

繁右衛門は、番頭に訊いた。

「巻枝さまだったかもしれませんよ」

登兵衛が巻枝の名をだした。

雲十郎は、繁右衛門も登兵衛もなかなかの狸《たぬき》だと思った。差し障りのないことを話し、うまく口裏を合わせている。

「ところで、三郎太に何を渡したのだ」

雲十郎が訊いた。

「……当店の印の入った半纏でございますよ」

すこし間を置いて、登兵衛が答えた。

「半纏だと。どういうことだ」

「いえ、畠沢藩のご家中の方のご指示で店に来るとき、中間のような恰好では店に入りづらいので、当店の半纏が欲しいと言われて、お渡ししたのです」

登兵衛が言った。

雲十郎は、うまくごまかしたな、と思ったが、そのことは追及せず、

「ご家老やおれたちの命を狙っている一味がいるのだが、あるじと番頭は話を聞いていないか」

と、繁右衛門と登兵衛に目をやりながら訊いた。

「まったく存じませんが」

繁右衛門が言うと、

「てまえも、まったく……」

番頭が首を横に振った。

「この店に来た三郎太は、その一味のひとりなのだ。……すでに、三郎太は捕らえ、そのことははっきりした」

雲十郎が語気を強くして言った。

「……！」

繁右衛門の顔がこわばった。その目に狼狽《ろうばい》の色がある。

登兵衛の顔からも血の気が引き、膝の上で握りしめている拳《こぶし》が、かすかに震えだ

した。

「巻枝は、昨夜、藩邸から姿を消したよ」

さらに、雲十郎が言った。

「て、てまえどもは、何も存じません」

繁右衛門の声が震えた。動揺している。

「おれたちを襲った一味のなかで、他にもふたり捕らえてある。牢人の矢代又蔵と黒川平三郎だが、黒川が一味から渡された金は大松屋から出ているようだと、口にしていたぞ」

「そ、そのような……」

繁右衛門の声がつまった。恵比須のような福相がゆがみ、押しつぶされたような顔になった。

繁右衛門は口を結んだまま身を顫わせていたが、いっときすると顔から狼狽や動揺の色が拭い取ったように消え、体の顫えも収まってきた。顔はこわばったままだが目がつり上がり、夜叉《やしゃ》でも思わせるような表情が浮いた。

「浅野さま、鬼塚さま、確かに巻枝さまのご依頼《いらい》で、金子《きんす》をお渡ししました。ですが、それがどのように使われようと、手前どもの知ったことではありません。……てまえどもは商人ですよ。お渡しした金が、利を生むか生まないかでお貸ししたのです。家中のごたごたを、てまえどものせいにするのは、筋違いですよ」

繁右衛門が、強い口調で言った。言い逃れできなくなって、ひらきなおったようだ。

「筋違いかな。大松屋が渡したのは、殺しの依頼金ではないのか。ご家老や先島さまのお命を狙うことを知っていて、一味の者に金を渡していたのだからな」

浅野が言った。

「浅野さま、てまえどもを責めるより、家中のごたごたを収めることに当たったらどうです。……それに、ご家老や先島さまこそ、家中に騒動を煽《あお》り立てるようなことをなさっているのではありませんか」

繁右衛門が、憎悪に顔をゆがめて言った。

「どういうことだ」

「てまえどもは、知っていますよ。ご家老や先島さまが、川崎屋さんとの取引きを進めようとしていることを」

繁右衛門が、浅野を睨むように見すえた。

「……！」

「て、てまえどもの店に来てとやかく言う前に、ご家中の争いをやめることですね」

繁右衛門が、声を震わせて言った。追い詰められ、隠していた牙《きば》を剝き出したようだ。

次に口をひらく者がなく、座敷が息苦しいような沈黙につつまれたとき、

「おれは、国許から来た目付筋の者だ。だいぶ前のことだが、国許の勘定《かんじょう》奉行、横《よこ》瀬《せ》長《ちょう》左《ざ》衛《え》門《もん》さまが殺されたのは知っているな」

と、小宮山が繁右衛門に訊いた。

横瀬は、次席家老だった広瀬と大松屋がかかわった不正を探っていて殺害されたのである。その件を、国許の小宮山たちが調べていたのだ。そのこともあって、小宮山は江戸に来ていたのである。

「ぞ、存じません」

繁右衛門の顔が動揺にゆがみ、落ち着きなく視線が揺れた。

「われらは、この件の首謀者をつきとめ、かならず横瀬さまの無念を晴らすつもりだ」

小宮山が、いつになく強い口調で言った。

2

雲十郎が山田道場で独り稽古をしていると、門弟の川田栄次郎《かわたえいじろう》がそばに来て、

「鬼塚さん、馬場どのが戸口にみえてますよ」

と、知らせた。川田は、ときおり道場に姿を見せる馬場のことを知っていたのだ。

「すぐ、行く」

雲十郎は手にして真剣を鞘に納めると、戸口にむかった。

道場の戸口に出ると、馬場が待っていた。急いで来たらしく、顔が赭黒く紅潮し、額に汗が浮いていた。

「どうした?」

雲十郎が訊いた。

「鬼塚、藩邸まで来てくれ。浅野どのから話があるようだ」

馬場が手の甲で額の汗を拭きながら言った。

「何かあったのか」

「田原たちの居所が知れたらしい」

「知れたか！」

雲十郎の声が大きくなった。

「ともかく、いっしょに来てくれ」

「分かった。すぐに、着替えてくる」

稽古着のまま藩邸に行くわけにはいかなかった。

雲十郎は着替えの間で、羽織袴に着替えると、馬場といっしょに藩邸にむかった。

雲十郎は馬場の住む長屋で、浅野、小宮山、それに富川俊之助《とみかわしゅんのすけ》という浅野の配下の目付と顔を合わせた。

「田原たちの居所が知れたそうだな」

すぐに、雲十郎が訊いた。

「田原たちだけではない。そこに、巻枝や山之内も身を隠していたのだ。……富川から、話してくれ」

浅野が富川に目をやった。どうやら、富川が田原たちの隠れ家をつきとめたらしい。

「巻枝と同じ蔵方の滝島政之助《たきしままさのすけ》の町宿です」

富川によると、松井田や巻枝とかかわりのありそうな藩士の町宿を虱潰《しらみつぶ》しに当たったそうだ。その結果、富川が探った滝島の町宿に、巻枝や田原たちが身をひそめているいることが知れたという。

「その町宿は、どこにある」

雲十郎が訊いた。

「浜松町《はままつ》です」

富川によると、浜松町三丁目で東海道から路地を三町ほど入ったところにある借家だという。古い大きな家で、一年ほど前まで藩士が三人で住んでいた。ところが、ふたりが国許に帰ったため、滝島ひとりになった。その借家に、まず田原と山之内たちが入り、さらに巻枝もそこに身を隠したという。

「滝島は、どんな男だ」

雲十郎は、滝島のことを知らなかった。

「三十がらみの男で、江戸に長く住んでいる。市中の地理には、くわしいはずだ」

「剣の腕は？」

雲十郎は、鬼仙流と何かかかわりがあるのではないかと思った。

「背が高く偉丈夫で、遣い手らしい体付きだが、剣の噂《うわさ》は聞いたことがないな」

浅野が言った。

「背が高いのか」

「背丈はある」

「三郎太の隠れ家に出入りしていたのは、滝島かもしれんな」

雲十郎は、ゆいから背丈のある武士が三郎太の隠れ家に出入りしていたらしいと聞いていたのだ。

「すると、滝島も松井田の指図で動いていたことになるな」

浅野は松井田を呼び捨てにした。事件の黒幕とみているのだろう。

「それで、どうする」

馬場が男たちに目をやって訊いた。

「先島さまや大杉さまは討っ手を増やし、一気に始末をつけたい腹のようだ」

浅野が昂った声で言った。

「それに、日を置かずに仕掛けた方がいい」

巻枝や田原たちが、先島や大杉たちの動きを察知すれば、すぐに隠れ家から姿を消すはずである。

「先島さまたちと話し、隠れ家を襲う日を決めよう」

徒士組と目付たちから、討っ手を集めなければならないので、今日明日というわけにはいかない、と浅野が言った。

雲十郎、浅野、馬場の三人は、すぐに大杉の小屋にむかった。

大杉の小屋の座敷で、先島もくわえた五人で相談し、浜松町にある滝島の町宿を襲うのは、明後日と決めた。明日中に討っ手をひそかに手配し、明後日の未明に町宿に踏み込むのだ。雲十郎たちは可能なかぎり、襲撃を早くした。また、未明としたのは、寝込みを襲うためである。

「今日、明日は、松井田と藩邸から出る者に目を配っていないとな」

雲十郎が言った。松井田がこちらの動きに気付けば、巻枝や田原たちを逃がそうとするはずである。

「おれが、手配する」

浅野によると、目付たちを藩邸の出入り口に配置するという。

「今夜は、おれも藩邸に泊めてもらおう」

雲十郎は、馬場といっしょに一晩過ごそうと思った。

襲撃の日の夜八ツ（午前二時）ごろ、雲十郎と馬場はひそかに藩邸の裏門から通りに出た。未明に田原たちのひそんでいる借家を襲うのである。

頭上で、十六夜の月が皓々とかがやいていた。満天の星である。愛宕下の大名小路は夜の帳《とばり》につつまれていたが、月光に照らされた通りは淡い青磁《せいじ》色にひかり、提灯はなくとも歩くことができた。

雲十郎と馬場は、増上寺《ぞうじょうじ》の手前を左手におれ、東海道に出た。そこは宇田川《うだがわ》町である。日中は大勢の人が行き交っている東海道だが、いまは人影もなく、夜の静寂《しじま》につつまれていた。

雲十郎たちは、東海道を南にむかった。浜松町に入ってからしばらく歩くと、前方の路傍にいくつもの黒い人影が見えた。そこは、増上寺の門前通りと交差する場所である。

集まっているのは、浅野たちだった。藩士たちは目立たないように、ひとりふたりと藩邸を出て、ここで待ち合わせることになっていたのだ。

すでに、八人集まっていた。大杉の顔もある。今夜の襲撃は、大杉が指揮をとることになっていた。

「どうです、隠れ家の様子は？」

雲十郎が浅野に訊いた。

「田原たちは、隠れ家にいる。まだ、おれたちのことは気付いていないようだ」

浅野によると、富川たち三人の目付が、隠れ家を見張っていて、さきほどひとりがこの場に連絡に来たという。

「念岳もいるのだな」

馬場が念を押すように訊いた。

「いる」

隠れ家にいるのは、田原、山之内、念岳、滝島、巻枝の五人であることを浅野が言い添《そ》えた。

「念岳は、おれにやらせてくれ。……飯山の恨みを晴らしてやりたい」

馬場が顔をけわしくして言った。馬場は、溜池沿いの道で斬られて死んだ飯山の無念を晴らしてやりたい、と思いつづけていたようだ。

「いいだろう。だが、何人かで助勢するぞ。そのために、討っ手の人数を増やしたのだからな」

浅野は、念岳が強敵であることを知っているのだ。馬場が、念岳に討たれることのないように配慮したのであろう。

雲十郎は脇で聞きながら、おれは、田原を斬ろう、と胸の内でつぶやいた。田原は鬼仙流道場の師範代である。念岳とともに、隠れ家にひそんでいる五人のなかでは遣い手である。

それから、小半刻（三十分）ほどの間に後続の藩士、七人が到着し、討っ手十七人がすべて顔をそろえた。

「いくぞ」

大杉が声を上げた。

3

「板塀をめぐらせた家です」

富川が前方を指差して言った。

浜松町三丁目の路地だった。寂しい地である。路地沿いには、小体な店や仕舞屋などがまばらに建っていたが、畑地や雑草の生い茂った空き地などが目立った。

夜陰のなかに、板塀でかこわれた仕舞屋が見えた。脇は雑草でおおわれた空き地になっている。路地に人影はなく、何軒かある他の家はひっそりと寝静まり、洩れてくる灯もなかった。

「田原たちは、いるな」

大杉が念を押すように訊いた。

「おります。五人とも、寝ているはずです」

富川によると、昨夜田原たちは近くの酒屋で貧乏徳利に酒を買ってきて飲んでいたという。

「裏手は？」

大杉が訊いた。

「板塀に切戸《きりど》がついています」

「浅野、手筈どおり五人を連れて裏手にまわってくれ」

浅野が裏手を固めることになっていたのだ。

「承知しました」

浅野が顔をけわしくしてうなずいた。

「そろそろだな」

そう言って、大杉が東方に目をやった。

夜陰のなかに、町家や松林などの黒い輪郭《りんかく》だけが識別《しきべつ》できた。その先には、江戸湊の海原が黒々とひろがっていた。月光を映じた海面が淡い青磁色にひかり、無数の波の起伏を刻んで累々《るいるい》とつづいている。

その海原の上空が、茜色に染まっていた。星のまたたきも薄らいでいる。あと、小半刻（三十分）もすれば、明るくなるのではあるまいか。

「仕度《したく》をしろ」

大杉が、集まっている男たちに声をかけた。

すぐに、雲十郎たちは闘いの仕度を始めた。討っ手たちは羽織を脱《ぬ》ぎ、袴の股立をとり、襷《たすき》で両袖を絞っている。

雲十郎も羽織を脱ぎ袴の股立をとったが、襷はかけなかった。刀の目釘《めくぎ》を確かめ、一度ゆっくりと刀を抜いてみた。居合は一瞬の抜刀に勝負を賭《か》けるので、すんなり抜けるか確かめておく必要がある。

「いくぞ」

大杉が声をかけた。

雲十郎たちは、足音をひそめて仕舞屋に近付いた。東の空は明るさを増し、路地沿いの家や樹木などの輪郭がくっきり見えるようになってきた。上空でまたたく星も明るさを失ってきている。

仕舞屋の戸口近くまで行くと、大杉が浅野に裏手にまわるよう指示した。

浅野は無言でうなずき、討っ手五人を連れて、空き地の雑草のなかに踏み込んだ。

空き地をたどって、裏手にまわるのである。

大杉は残った討っ手たちに声をかけ、家の正面にむかった。路地に面したところに、丸太を二本立てただけの門があった。門とは呼べないような粗末《そまつ》な造りである。

その門の前に、大杉や雲十郎たちが集まった。

「ここに、ふたり残れ」

大杉が、徒士ふたりを門前に残した。念のため、逃げ出してくる者にそなえたのである。

大杉や雲十郎たちは、足音をたてないように戸口に近付いた。板戸がしめてあった。戸締まりはしてないらしく、脇が一寸ほどあいている。

「あけます」

馬場が、板戸を引いた。

ゴトゴトと重い音がひびき、板戸があいた。古い戸で、立て付けが悪くなっているらしい。

雲十郎、馬場、それに大杉と配下の討っ手たちが、家に踏み込んだ。なかは暗かった。それでも、戸口からの明かりで、家のなかの様子がぼんやりと見てとれた。狭い土間があり、その先が板敷きの間になっている。

土間に入りきれないので、雲十郎と馬場、それに三人の討っ手が、すぐに板敷きの間に上がった。

さらに三人の討っ手が、右手にある廊下にまわり込んだ。大杉も板敷きの間に上がり、雲十郎たちの背後に立った。そこで、指図するつもりらしい。

板敷きの間の先に、障子がたててあった。その障子の向こうで物音がした。夜具から身を起こすような音につづいて、「おい、起きろ」という男のくぐもった声がした。踏み込んできた雲十郎たちに気付いたようだ。

「戸口にいる！」

「踏み込んできたぞ！」

ふたりの男の声が聞こえ、すぐに、ばたばたと夜具を撥《は》ね除《の》ける音がし、男たちの怒声や荒々しく座敷を歩く足音がひびいた。何人か、座敷で寝ていたらしい。

「踏み込むぞ」

雲十郎が声をかけ、左手で刀の鍔元を握って鯉口を切った。

そのとき、ガラッ、と障子があいた。巨軀の男がいた。念岳である。寝間着姿だった。両襟《りようえり》がひらき、胸毛におおわれた大きな胸と腹が露出している。

念岳は金剛杖を手にしていた。咄嗟に、部屋の隅にでも置いてあったのをつかんだのだろう。

「討っ手だ！」

念岳が叫んだ。

念岳の背後にも、人影があった。ふたりいる。田原と巻枝だった。ふたりとも寝間着姿だったが、刀を手にしていた。山之内と滝島の姿はない。別の部屋で寝ているのだろう。

「念岳！　おれが相手だ」

馬場が叫びざま、念岳に迫った。

念岳は、慌てた様子で周囲に目をやり、

「相手になってやる！」

と叫ぶと、右手の廊下に飛び出した。座敷には夜具が敷いてあり、田原と巻枝がそばにいるので金剛杖が遣えないとみたらしい。

廊下にいた三人の討っ手は、飛び出してきた念岳を見て慌てて廊下の奥へ走った。

「さァ、こい！」

念岳が廊下のなかほどに立って身構えた。

金剛杖の先を馬場にむけ、腰を沈めている。ひらいた両足の間から、褌《ふんどし》が垂れ下がっていた。

廊下は薄暗く、念岳の大きな両眼が薄闇のなかで底びかりしている。不気味な姿である。

馬場は青眼に構え、切っ先を喉元にむけた。腰の据わった隙のない構えだった。

ふたりは、およそ三間ほどの間合で対峙した。一歩踏み込めば、金剛杖も馬場の切っ先もとどく近間《ちかま》である。

念岳の背後に、三人の討っ手がいた。廊下は狭いので、山形《やまがた》という大柄な藩士が切っ先を念岳にむけ、他のふたりは山形の後ろにいた。山形もそこその遣い手らしく、低い八相の構えに隙がなかった。

「行くぞ！」

念岳が、趾《あしゆび》を這《は》うように動かし、ジリジリと間合をせばめてきた。金剛杖の先が、薄闇のなかを馬場の顔面にむかって伸びてくる。

馬場は青眼に構えたまま動かず、念岳の打突の起こりをとらえようとしていた。

4

雲十郎は、板敷きの間で田原と対峙していた。

ふたりの間合は、およそ三間——。一歩踏み込めば、斬撃の間境を越える近間である。家のなかは狭く、間合をひろくとれないのだ。

雲十郎は右手で刀の柄を握り、居合腰に沈めていた。居合の抜刀体勢をとっていたのである。

対する田原は、青眼に構えていた。胸が厚くどっしりと腰が据わっていた。切っ先が、ピタリと雲十郎の目線につけられている。体付きは小柄だが、構えが大きく見えた。剣尖の威圧で、構えが大きく見えるのだ。

……手練《てだれ》だ！

雲十郎は、田原が遣い手であることを察知した。鬼仙流の道場の師範代だっただけのことはある。

尾形《おがた》という藩士が、田原の左手にまわり込んでいた。青眼に構えて、切っ先を田原にむけている。ただ、尾形の間合は遠く、斬り込んでいく気配はなかった。雲十郎と田原の闘いの様子を見ているようだ。

巻枝は座敷にいた。二人の藩士が青眼や八相に構えて、巻枝を三方から取りかこんでいる。巻枝も刀を手にしていたが、目がつり上がり腰が引けていた。興奮と恐怖で、前に突き出すように構えた刀身が小刻みに震えている。

「いくぞ！」

田原が、足裏を擢るようにして間合をせばめてきた。構えがすこしもくずれなかった。剣尖が雲十郎の目に迫ってくるように見え、田原の体が遠ざかったように感じられた。鋭い剣尖の威圧である。

雲十郎は動かなかった。気を静めて、田原が抜刀の間合に踏み込むのを待っていた。居合の抜きつけの一刀は、右手だけの片手斬りになるため、すこし遠間から仕掛けられる。

片手打ちは五寸の利あり、といわれているが、居合の片手斬りは両手で刀を持って斬り込んだときより切っ先が伸びるのだ。抜きはなったときに、右肘《みぎひじ》が真《ま》っ直《す》ぐになるからである。

……あと、五尺。

雲十郎は、五尺で抜刀の間合に入ると読んだ。

あと、三尺、二尺……。

雲十郎の全身から鋭い剣気がはなたれていた。いまにも、抜刀しそうである。田原も全身に気勢が満ち、斬撃の気配が高まってきた。息詰まるような緊張と痺れるような剣気が、ふたりをつつんでいる。

あと、一尺！

ふいに、田原の寄り身がとまった。田原は、雲十郎の抜刀の間合を察知したらしい。

つッ、と雲十郎が一歩踏み込んだ。刹那、雲十郎の全身に抜刀の気がはしった。同時に、田原も反応した。

イヤアッ！

タアッ！

ふたりは、裂帛《れっぱく》の気合を発した。

シャッ、という刀身の鞘走る音がし、雲十郎の腰元から逆袈裟に閃光がはしった。

居合の抜きつけの一刀である。

間髪をいれず、田原の体が躍った。青眼から袈裟に斬り込もうとしたのだ。

次の瞬間、かすかな骨音がし、田原の左腕が折れたようにまがった。雲十郎の切っ先が、袈裟に斬り込もうとして刀を振り上げた田原の左腕を骨ごと截断したのだ。居合の鋭い一撃である。

田原の袈裟に斬り込んだ切っ先は大きくそれ、雲十郎の肩先をかすめて空を切った。

田原はたたらを踏むように泳ぎ、板敷きの間の隅まで行って反転した。

左の前腕が垂れ下がっている。雲十郎の一撃は、田原の腕の皮だけ残して截断したのだ。腕の斬り口から血が赤い筋になって流れ落ち、床板に飛び散った。

一瞬一合の勝負だった。

「お、おのれ！」

田原の顔が豹変《ひょうへん》した。目をつり上げ、口をひらいて歯を剝き出した。夜叉のような形相《ぎょうそう》である。

田原は刀の柄を右手だけで握り、切っ先を雲十郎にむけたが、刀身がワナワナと震えている。

「田原、これまでだ。刀を置け！」

雲十郎が声をかけた。

「まだだ！」

叫びざま、田原が踏み込んできた。

間合がせばまると、田原はいきなり右手だけで刀を振り上げ、雲十郎の真っ向へ斬り込んできた。だが、斬撃になっていなかった。片手で持ち上げた刀を振り下ろしただけである。

雲十郎は、体をひらいて田原の斬り込みをかわすと、刀身を鋭く横に払った。

ビュッ、と田原の首筋から一筋の血が飛んだ次の瞬間、血が迸るように噴出した。雲十郎の一颯《いっさつ》が、田原の首の血管《ちくだ》を斬ったのだ。

田原は血を撒きながらよろめき、足がとまると腰からくずれるように転倒した。田原は板敷きの間に伏臥《ふくが》した。首筋から噴出した血が床板にひろがり、周囲は血の海である。

田原はかすかに手や足を痙攣《けいれん》させていたが、息の音は聞こえなかった。すでに、絶命しているようだ。

雲十郎は、横たわっている田原に目をやってから、大きく息をひとつ吐いた。そして、血濡れた刀身に血振りをくれ、ゆっくりと納刀した。

雲十郎の心ノ臓の高鳴りがしだいに収まり、朱を刷《は》いたように紅潮していた顔が、ふだんの白皙にもどっていく。

「みごとだ！」

大杉が、雲十郎のそばに来て感嘆の声を上げた。

「巻枝は？」

雲十郎は、座敷に目をやりながら訊いた。

「取り押さえた」

大杉が言った。

巻枝は座敷の隅にへたり込んでいた。その両肩をふたりの藩士が押さえ付け、もうひとりが巻枝の両腕を後ろに取って、細引で縛ろうとしていた。

巻枝はひどい姿だった。元結《もとゆい》が切れてざんばら髪になり、寝間着がはだけて胸や腹があらわになっていた。顔が恐怖にひき攣り、体を激しく顫わせている。

……馬場はどうした。

雲十郎は、廊下に目をやった。

まだ闘いは続いているようだった。念岳の獣の吼えるような気合と床を踏む荒々しい音が聞こえた。

雲十郎は、廊下に飛び出した。

5

廊下で、馬場は念岳と対峙していた。

念岳は、半顔が血に染まっていた。馬場の切っ先を右の額にあびたらしい。念岳は凄まじい形相をしていた。総髪が額に垂れ、口のまわりの髭が血塗れになっている。カッと瞠いた両眼が、血だらけになった顔から白く浮き上がったかに見えた。

一方、馬場も苦痛に顔をしかめていた。左腕を気にしている。振りまわした念岳の金剛杖の先が、馬場の左腕にあたったようである。ただ、馬場は刀を青眼に構えていたので、左腕の骨に異常はないらしい。打撲《だぼく》だけで済んだのであろう。

念岳は金剛杖の先を馬場にむけていた。すこし腰が浮き、金剛杖の先が揺れている。顔の傷で、平静さを失っているようだ。

「馬場、助太刀《すけだち》するぞ」

後ろから、雲十郎が声をかけた。

「助太刀、無用！」

馬場が強い声で言った。

馬場は青眼に構え、切っ先を念岳の目線につけていた。その構えに、落ち着きが見られた。自分の力で、念岳を討てる自信があるらしい。

……馬場にまかせるか。

雲十郎は身を引いた。

「さァ、こい！」

馬場が声を上げた。

すると、念岳が金剛杖の先を馬場の胸の辺りにつけて間合をつめ始めた。念岳の顎の髭をつたった血が、廊下に滴《したた》り落ちている。

念岳は、金剛杖の打突の間合に踏み込むや否や、
タアリャッ！

裂帛の気合を発し、金剛杖を突き出した。

金剛杖の先が、槍の穂先のように馬場の胸部を襲う。瞬間、馬場は青眼に構えた刀身を横に払った。一瞬の太刀捌きである。

カツ、と乾いた音がひびき、金剛杖がはじかれた。

次の瞬間、念岳は金剛杖を手元に引いて、振り上げた。

すかさず、馬場が踏み込んだ。

ヤアッ！

タアリャッ！

ふたりの気合がほぼ同時にひびき、ふたりの巨体が躍動《やくどう》した。

馬場は念岳の懐に飛び込みざま刀身を横に払い、念岳は振り上げた金剛杖を真っ向に振り下ろした。廊下は横幅がせまく、念岳は長い金剛杖を横に払うことができなかったのだ。

一瞬の動きだったが、馬場は念岳が真っ向に打ち込んでくると読んでいたので、念岳の懐に踏み込むことができたのである。

この間合が、ふたりの勝負を分けた。

馬場の切っ先は念岳の腹を横に斬り裂き、念岳の金剛杖は馬場の背後の空を切って流れた。

次の瞬間、馬場は念岳の左手をすり抜け、念岳は廊下のなかほどに棒立ちになった。

グワアッ！

念岳は猛獣の唸り声のような絶叫を上げ、金剛杖を落とすと、腹を両手で押さえてよろめいた。指の間から臓腑《ぞうふ》が覗き、血が赤い糸を引いて流れ落ちている。

念岳は足をとめ、その場につっ立った。体が大きく揺れている。総髪を振り乱し、顔は血塗れだった。両眼を瞠き、口を大きくあけて牙のような歯を剝き出していた。凄まじい形相である。

「とどめをさしてやる！」

馬場が一声上げ、念岳に近寄ろうとした。

そのとき、念岳の体が大きく傾いた。念岳は足を一歩踏み出して体を支えようとしたが、そのままくずれるようにドウと倒れた。

廊下に伏臥した念岳は、低い呻き声を上げながら四肢《しし》をもそもそ動かし、頭をもたげようとした。

馬場は念岳の脇に立つと、

「とどめだ！」

叫びざま、念岳の背に切っ先を突き刺した。

グッ、と喉のつまったような呻き声を上げ、念岳は背を反らせて顔を上げたが、すぐに頭が落ちた。

馬場が刀身を引き抜くと、念岳の背から血が激しく噴き出した。馬場の切っ先が、心ノ臓を突き刺したようだ。

念岳は俯《うつぶ》せになったまま動かなかった。絶命したらしい。

馬場は右手で刀を手にしたまま、左手の甲で顔の返り血を拭いながら、

「飯山、敵を討ってやったぞ」

と、つぶやいた。まだ、息が荒く、瞠いた目がギラギラひかっている。

闘いは終わった。田原と念岳を討ちとり、巻枝を捕らえた。雲十郎たち討っ手は、かすり傷を負った者がいたが、全員無事である。

一方、座敷にいなかった山之内と滝島は、奥の座敷で寝ていた。そこへ、裏手から侵入した浅野たちが、ふたりを捕らえようとして座敷に踏み込んだが、

「うぬらの縄は受けぬ！」

と、山之内は叫びざま、座敷に置いてあった小刀を手にして、己の首を掻き切った。

咄嗟のことで、浅野たちは、どうすることもできなかった。

もうひとりの滝島は抵抗もせず、浅野たちに捕らえられた。

滝島と、大杉たちに取り押さえられた巻枝は、土間の先の板敷きの間に連れ出され、そこへ大杉をはじめとする十七人の討っ手たちが集まった。

「巻枝と滝島は、藩邸に連れていきますか」

浅野が大杉に訊いた。

「そうしたいが、東海道を連れて帰るわけにはいかないぞ」

すでに、陽が上っている。東海道は、大勢の人々が行き交っているはずだ。

「藩邸から駕籠を連れてきましょう」

ここから、愛宕下の藩邸まで近かった。駕籠を二挺連れてくれば、人目に触れずにふたりを藩邸まで連れていくことができる。

「そうだな」

大杉はふたりの目付に、藩邸にもどって先島に状況を話し、駕籠を連れてくるよう指示した。

すぐに、ふたりの目付はその場を離れた。

6

藩邸に連れてこられた巻枝と滝島は、目付たちの住む長屋の空《あ》き部屋に入れられた。そこで、吟味することになったのである。

ふたりいっしょに訊問することはできなかったので、まず滝島から話を聞くことになり、巻枝は別の目付の部屋に監禁された。

家具など何もないがらんとした座敷のなかほどに、滝島は座らされた。後ろ手に縛られている。

空き部屋にいたのは、雲十郎、馬場、浅野、先島、小宮山、それに富川だった。富川は滝島や巻枝の隠れ家をつきとめ、ふたりが隠れ家にいたときの様子も探っていたので同席させたのである。

「滝島は罪人ではない。縄を解いてやれ」

先島がおだやかな声で言った。

すぐに、若い目付の富川が、滝島の縄を解いた。

滝島のこわばっていた顔がいくぶんやわらぎ、先島にむけられた目にすがるような色が浮いた。

「浅野、滝島から話を聞いてみろ」

先島が言った。滝島のことをよく知っている浅野に、この場の吟味をまかせようとしたらしい。

「はい」

浅野は、滝島の前に立った。

「滝島、田原や山之内を匿《かくま》ったな」

浅野が訊いた。

「……」

滝島は、無言のまま視線を膝先に落とした。顔がこわばり、体が顫えている。

「話す気にならぬか。……田原や念岳はここにいる馬場たちを襲って飯山を斬り殺し、ご家老まで襲撃したのだ。おぬしが、田原たちの一味として行動を共にしたのなら、同罪だぞ」

浅野が滝島を見すえて言った。

「そ、それがしは、田原どのたちの仲間ではござらぬ」

滝島が震えを帯びた声で言った。

「だが、おぬしは、田原や山之内を匿ったのだぞ」

「……！」

滝島の顔が蒼ざめ、顫えが激しくなった。

「それだけではないぞ。おぬしが、三郎太の隠れ家に出入りしていたことも分かっている」

「それがし、命じられたことに、従っただけです」

滝島が顔を上げ、訴えるように言った。

「だれに、命じられた」

すかさず、浅野が訊いた。

「そ、それは……」

滝島は戸惑うような顔をして口をつぐんだ。

すると、浅野と滝島のやり取りを聞いていた先島が、助け船でも出すように、

「年寄の松井田どのか」

と、小声で訊いた。

「そうです……」

滝島が肩を落として言った。

その後、滝島は訊かれたことには、隠さず話すようになった。ただ、滝島はたいしたことは知らなかった。松井田に言われ、田原たちや大松屋などとの連絡役として動いていただけらしい。

浅野の訊問が一段落したところで、小宮山が、

「国許の勘定奉行の横瀬さまが殺されたことは、耳にしているな」

と、訊いた。蔵方なら、横瀬の殺害のことで何か知っているかもしれないと思った

のだろう。

「聞いている」

滝島が答えた。

「松井田や巻枝が、何か話していなかったか」

「ふたりが、横瀬さまのことを話しているのを耳にしたことはあるが、話の内容は分からない」

滝島が座敷に入っていくと、ふたりはすぐにその話をやめてしまったという。

「巻枝は、知っていそうだな」

小宮山が小声で言った。

滝島につづいて、巻枝が連れてこられた。

巻枝は、なかなか口をひらかなかった。それでも、滝島が、口を割っていることを知ると、観念したのか訊問に答えるようになった。

巻枝の話から、松井田が山之内たちに、江戸家老の小松や大目付の先島の暗殺を指示していたことが知れた。ただ、ふたりを暗殺するには、雲十郎や馬場を始末しなければ難しいとみて、ふたりの命を狙ったようだ。

それに、山之内は国許から出府した田原たち三人だけでは、とても小松や先島を討つことはできないとみて、田原たちを通して江戸市中で目についた遣い手に声をかけ、次々に仲間に引き入れた。それが、佐久、矢代、黒川、それに猪之吉である。

「佐久たちを仲間にするには、多額の金が必要だったはずだが、だれが出したのだ」

先島が訊いた。

「大松屋です」

「大松屋は、松井田にその金を貸したのか」

以前も、大松屋の金で刺客が雇《やと》われたとみたが、大松屋はただ貸しただけだと主張し、先島たちの追及を逃れてきたのだ。

「繁右衛門は料理屋で山之内どのたちに会ったおり、直接手渡したこともありました」

巻枝によると、水谷町の舟吉という料理屋で、山之内や田原たちと会っていたという。

「繁右衛門は、山之内たちと会っていたのか」

先島の双眸が、強いひかりを帯びた。顔に、大目付らしい凄みがある。

繁右衛門が山之内や田原たちと会っていたとなれば、金を貸しただけだと言い逃れはできないとみたのであろう。

「当然、松井田もそのことを知っているな」

先島が訊いた。

「それがしが、話しました」

「そうか」

先島が、ちいさくうなずいた。気が昂っているのか、顔がかすかに紅潮している。これで、松井田も追及できると踏んだのであろう。

先島と浅野の訊問がひととおり終わったとき、その場にいた小宮山が、

「大松屋は、国許で殺された横瀬さまのことで何か言っていなかったか」

と、訊いた。

「ご家老や先島さまにも、横瀬さまの後を追ってもらうと、話していたことがありますが……」

巻枝が言いにくそうに言った。

「わしとご家老も、横瀬さまと同じように殺すということだな。……やはり、大松屋も横瀬さまの殺しに陰でかかわっていたようだ」

先島が小宮山に目をやりながら言った。

「やっと、はっきりしてきました」

小宮山が虚空を睨むように見すえてうなずいた。

第六章　十文字《じゆうもんじ》斬り

1

「どうだ、もう一杯」

雲十郎は手にした貧乏徳利を馬場の方へむけた。

「もらおう」

馬場は湯飲みを手にして酒をついでもらった。

ふたりは山元町の借家の縁側で、酒を飲んでいた。滝島と巻枝の訊問を終えた翌日から、借家にもどっていたのである。

五ツ（午後八時）ごろだった。辺りは夜陰につつまれていたが、上空に月が出ていて、縁先には仄かな月明りがあった。

雲十郎は馬場が湯飲みをかたむけたのを見てから、

「ところで、松井田はどうした」

と、訊いた。

松井田は、浅野や先島が巻枝の訊問をおこなった日に、所用で出かける、と言い置いて、藩邸を出たきりもどらなかったのだ。

すぐさま、浅野と大杉が配下の者たちを集め、松井田の行き先を追った。その結果、松井田は大松屋に立ち寄り、旅装に着替えた上で店を出たことが分かった。

配下の目付から話を聞いた浅野が、

「松井田は、国許へむかったのだ！」

と、声を上げた。

松井田は、このまま江戸にいれば、一連の事件の首謀者とみなされ、小松や先島に訊問を受けるとみて逸早《いちはや》く江戸を離れたらしい。小松や先島から事件にかかわる上申書や口上書が、国許にとどく前に手を打つつもりなのだろう。

「松井田を追おう。馬を使えば、追いつく」

すぐに、大杉が言った。

大杉と先島、それに腕の立つ数人の藩士が選ばれ、小松の許しを得てから馬で藩邸を発《た》った。雲十郎と馬場に、追っ手の話はなかった。松井田は小者をひとり連れて江戸を発ったので、剣の腕は必要なかったのである。

それが、四日前のことだった。その後、どうなったのか、雲十郎は聞いていなかったのだ。

今日、馬場は藩邸に行ったので、雲十郎は追っ手の話を耳にしたのではないかと思って訊いてみたのである。

「そのことだがな」

馬場が急に身を乗り出して言った。

「お頭たちは利根川《とねがわ》を越える前に松井田に追いつき、栗橋宿《くりはし》で押さえたらしいぞ」

追っ手のひとりが、早馬で藩邸にもどって知らせたという。

江戸から国許に向かうには奥州《おうしゆう》街道を使うが、栗橋宿は日光《にっこう》街道の利根川の手前にある宿場で、日本橋からは十四里半ほどの距離にあった。奥州街道は宇都宮《うつのみや》まで、日光街道と同じ道である。

「松井田を連れもどすのか」

雲十郎が膝先の湯飲みを手にして訊いた。

「そうなるな」

「うむ……」

雲十郎は、ゆっくりと手にした湯飲みをかたむけた。やっと、事件の始末がつきそうだという思いがあったが、まだ、気掛かりなことが残っていた。佐久裕三郎である。ゆいと小弥太が住家を探っているので、近いうちに知れるはずである。

「ああ……。眠くなったな」

馬場が両手を突き上げて、大きな伸びをした。

顔が赭黒く染まり、目がとろんとしている。だいぶ、酔っているようだ。馬場は巨漢だが、酒はあまり強くなく、飲むとすぐに眠くなるのである。

「おい、おれは寝るぞ。……鬼塚はどうする」

馬場が目をこすりながら言った。

「おれは、もうすこし飲む」

貧乏徳利には酒が残っていた。それに、寝るにはまだ早い。

「勝手にやれ」

馬場は、のそりと立ち上がった。

いつもそうだった。ふたりで飲むと、馬場は先に寝間に入り、雲十郎がひとりで飲むことになるのだ。

馬場は縁側から座敷に入り、奥の寝間にむかった。後に残った雲十郎は、縁側に腰を下ろしたまま、上空の月や庭先の樹木に目をやりながら、湯飲みの酒をかたむけた。庭といってもせまく、板塀の脇に梅と枯れかかった松があるだけである。辺りは静かだった。ときおり犬の遠吠えが聞こえてくる。

そのとき、戸口の方でかすかな足音がした。常人とはちがう足音である。ヒタヒタと近付いてくる。

……ゆいか。

雲十郎は、足音の主がすぐに分かった。ゆいである。ひとりらしい。

見ると、夜陰のなかに黒い人影が浮かび上がっていた。ゆいの色白の顔が、月明りを映じて淡い青磁色を帯びている。

ゆいは、柿色の筒袖と裁着袴で、草鞋履きである。闇に溶ける装束《しょうぞく》のおりは、頭巾で顔も隠しているが、いまは頭巾をとっていた。

ゆいは雲十郎の前まで来ると、片膝を地面に突こうとしたので、

「ゆい、縁側に腰を下ろせ」

と、雲十郎が声をかけた。

ゆいは、ちいさくうなずくと、雲十郎の脇に腰を下ろした。

「馬場さまは、お休みですか」

ゆいが笑みを浮かべて訊いた。

障子の向こうから、馬場の鼾《いびき》が聞こえたのだ。ゆいは、何度か馬場の鼾を聞いていたので、すぐに分かったらしい。

「ああ、いっしょに飲んだのでな。……あの男、酔うと眠くなるようだ」

そう言って、雲十郎は手にした湯飲みをゆっくりとかたむけると、

「何か知れたのか」

と、声をあらためて訊いた。ゆいが、忍《しの》び装束でここに来たのは、雲十郎に何か知らせるためである。

「はい、佐久の居所が知れました」

ゆいが、低い声で言った。梟組のゆいの声にもどっている。

「小柳町の長屋か」

佐久が、神田小柳町の長屋に住んでいたことは分かっていた。ゆいと小弥太が、小柳町を歩いて聞き込み、佐久が助右衛門店に住んでいたことが分かったが、すでに佐久は長屋を出た後だった。そのため、小弥太とゆいは長屋の住人や佐久を知る者を探して訊いたりして、佐久の行き先を探っていたのだ。

「いえ、本所相生《あいおい》町の借家です」

その借家は相生町三丁目の路地に入ってしばらく歩き、小体な町家のつづく一角にあるという。

「やはり、塒を変えていたか」

本所相生町は、緑町の隣町だった。黒川が緑町五丁目に住んでいたので、雲十郎は

緑町がどこにあるか知っていた。

「それで、小弥太は」

「いま、借家を見張っています」

「そうか」

「雲十郎さま、どうなさいますか」

「佐久と決着をつけるつもりだ」

雲十郎は、佐久の遣う死人のような特異な剣と勝負をつけるつもりでいたのだ。

「雲十郎さま、ひとりで佐久と闘うのですか」

ゆいが、雲十郎に顔をむけて訊いた。

「そのつもりだ」

ただ、馬場はついて来ると言ってきかないだろう。それに、ゆいと小弥太も、その場に来るにちがいない。

ゆいは何も言わず、心配そうな顔をして夜陰に目をむけていた。

2

雲十郎は馬場とふたりで山元町の借家を出た。これから、本所相生町に行くつもりだった。佐久を討つためである。

雲十郎たちは溜池沿いの道へ出て、さらに東に歩いた。汐留橋近くの桟橋に、ゆいが舟で迎えに来てくれることになっていた。本所まで歩くと遠いが、舟ならば江戸湊に出て大川をさかのぼれば、あまり歩かずに本所まで行ける。

「鬼塚、どうしてもひとりでやるのか」

馬場が歩きながら訊いた。

「そのつもりだ」

「おれに、助太刀させてくれ」

「だめだ。おれ、ひとりでやる」

雲十郎は、ひとりで佐久と勝負するつもりでいた。そのために、山田道場で佐久の遣う特異な剣を破る工夫をしていたのだ。

横霞から縦稲妻へ連続して遣うのである。横一文字から真っ向へ——。十文字に斬り込むこの技を、雲十郎はひそかに十文字斬りと呼んでいた。

……十文字斬りで、佐久を斃す。

雲十郎は、胸の内でつぶやいた。

ふたりはしばらく黙ったまま歩いていたが、

「馬場、頼みがある」

と、雲十郎が言った。

「なんだ」

「おれが、佐久に後れをとったら、馬場はゆいと小弥太を連れて、いったん佐久の埒から離れてくれ」

「どういうことだ」

すぐに、馬場が訊いた。

「ゆいと小弥太は、かならず佐久に立ち向かっていく。礫《いしつぶて》や手裏剣だけならいいが、ゆいは小太刀で向かっていくかもしれない」

ゆいは、小太刀の遣い手だった。

「だが、ゆいも小弥太も佐久の敵ではない」

雲十郎は、ゆいと小弥太がふたりでかかっても佐久を斃すことはできないとみていた。

「鬼塚、おれもくわわるぞ」

馬場が、雲十郎に顔をむけて言った。

「馬場がくわわれば何とかなるかもしれんが、だれか討たれるだろう。これ以上、犠牲者を出したくないのだ。……ひとまずその場を離れ、お頭に話して佐久を討ちとってくれ」

雲十郎の本意は、馬場が佐久に闘いを挑んで欲しくなかったのだ。それに、大杉に話せば、徒士たちを使って佐久を討ちとってくれるだろう。

「うむ……」

馬場は不服そうな顔をした。

「これを頼めるのは、馬場だけなのだ」

雲十郎が馬場を見つめて言った。

「分かった。そうしよう」

馬場は、納得したようだった。

そんなやり取りをしながら、ふたりは汐留川沿いの道に出た。汐留橋近くの桟橋に行くと、ゆいが舟で待っていた。ゆいは女と分からないように菅笠をかぶり、船頭の着るような印半纏姿で艫《とも》に立っていた。

雲十郎と馬場が舟に乗り込むと、

「舟を出します」

と声をかけてから、ゆいは桟橋から舟を離した。

雲十郎たちの乗る舟は汐留川を下り、江戸湊に出てから水押しを大川にむけた。舟は大川をさかのぼり、両国橋の手前まで来ると水押しを右手にむけて竪川に入った。

本所相生町は、竪川沿いにあった。緑町と同じように、一丁目から五丁目までつづいている川沿いの町である。

舟は竪川にかかる一ツ目橋の下をくぐり、さらに東にむかった。いっときすると、前方に二ツ目橋が見えてきた。相生町三丁目は、二ツ目橋のかなり手前である。

「舟をとめます」

ゆいは雲十郎たちに声をかけ、左手にある桟橋に水押しをむけた。

猪牙舟が二艘だけ舫《もや》ってあった。ちいさな桟橋である。ゆいは巧みに艪を漕いで、舟を桟橋に着けた。

雲十郎たちは桟橋に下りると、ゆいが舟を舫い杭《ぐい》に繋ぐのを待った。

ゆいは舟を繋ぎ終えると、菅笠をとり、半纏を脱いだ。小袖に樺茶色の帯をしめている。江戸のどこの路地でも見かける町娘のような恰好である。

「この近くか」

雲十郎が訊いた。

「はい、この辺りが、三丁目です」

「そうか」

雲十郎は上空に目をやった。

空は厚い雲におおわれている。まだ、七ツ半（午後五時）ごろのはずだが、辺りは夕暮れ時のように薄暗かった。

曇天のせいか、竪川の川面は黒ずんだ鉛《なまり》色に見えた。風でさざ波が立ち、汀の石垣に寄せて絶え間なく波音をたてていた。

雲十郎は陽が沈んで、路地に人影がなくなってから仕掛けるつもりだったが、今日のような天気なら暮れ六ツ（午後六時）の鐘の音を待たなくてもいいかもしれない。

「案内してくれ」

雲十郎がゆいに声をかけた。

ゆいは無言でうなずくと、先にたって短い石段を上り、竪川沿いの通りに出た。

「こちらです」

ゆいは、川沿いの道をいっとき東にむかって歩いてから小体な瀬戸物屋の脇の路地に入った。

路地沿いには、小体な店や仕舞屋などがつづいていた。寂しい路地で、塵捨て場《ごみすば》のようになっている空き地や笹藪なども目についた。

路地をしばらく歩くと、ゆいは路傍に足をとめ、

「佐久は、笹藪の先にある家に住んでいます」

と言って、前方を指差した。

笹藪の先に柿葺《こけらぶ》きの屋根が見えた。古い借家ふうの家屋である。

「小弥太は?」

雲十郎が訊いた。

「笹藪の陰にいるはずです」

呼んできます、と言い残し、ゆいはその場を離れた。

雲十郎たちが路傍に立って待つと、すぐにゆいが小弥太を連れてもどってきた。小弥太は、紺の筒袖に股引、手ぬぐいで頰っかむりしていた。左官か屋根葺き職人といった身装である。

「佐久はいるか」

すぐに、雲十郎が訊いた。

「おります」

小弥太によると、佐久は昼過ぎ、一度借家を出たが、竪川沿いの通りにあるそば屋に入り、しばらくして出てくると、そのまま家にもどったという。

「昼食《ちゆうじき》か」

「そのようです」

「ここなら、立ち合えるな」

雲十郎は借家の周辺に目をやって言った。

家の脇と前は、空き地になっていた。裏手は笹藪である。路地の人影はすくなく、ときおり粗末な身装の男や長屋の女房らしい女などが通りかかるだけである。

「行くぞ」

雲十郎は借家にむかって歩きだした。

3

雲十郎は借家の脇まで来ると、足をとめ、

「三人は、この辺りに身をひそめていてくれ」

と、馬場たちに小声で言った。

馬場は不服そうな顔をしたが、ゆいと小弥太に、

「ここは、鬼塚にまかせよう」

と声をかけ、路傍の樹陰にまわった。

雲十郎は、ひとりで家の戸口に近付いた。引き戸が半分ほどあいたままになっている。戸口に立って家のなかを覗くと、土間の先にすぐ障子がたててあった。座敷になっているらしい。物音はしなかったが、ひとのいる気配がした。佐久であろう。

雲十郎は土間に踏み込むと、

「佐久裕三郎、いるか」

と、声をかけた。

すぐに、障子の向こうで身を起こすような音がし、

「何者だ！」

と、低い声が聞こえた。佐久の声である。

「鬼塚雲十郎だ。……佐久、顔を見せろ」

「鬼塚か」

畳を踏む音がし、障子があいた。

雲十郎の目の前に、佐久があらわれた。左手に黒鞘の大刀を提げている。

雲十郎は、すぐに身を引いて戸口の敷居《しきい》をまたいだ。佐久との間合が近過ぎ、ふいをつかれたら、居合を抜きつける間合がなかったのである。

「鬼塚、ひとりか」

佐久は障子の向こうに立ったまま訊いた。

佐久は無表情だったが、雲十郎を見つめた細い目には切っ先のような鋭いひかりが宿っていた。

「いかにも」

馬場やゆいたちのことは、口にしなかった。この場で佐久と立ち合うのは雲十郎ひとりである。

「何しに来た？」

「立ち合うつもりだ」

「おれが、斬れるか」

佐久が、抑揚のない低い声で言った。

「やってみねば分からぬ」

本音だった。工夫《くふう》した十文字斬りが、佐久の死人のような剣につうじるかどうか分からなかった。

「よかろう。相手になってやる」

そう言うと、佐久は手にした大刀をゆっくりとした動作で腰に差した。

ふたりは、路地に出ると、およそ四間半の間合をとって対峙した。

曇天のせいか、辺りはどんよりとした薄闇につつまれていた。そよという風もない。路地は人影もなく、静寂が辺りを支配していた。

佐久は、両腕を垂らしたまま飄然と立っている。肉をえぐり取ったように頬がこけ、生気のない顔をしていた。死人のような顔である。ただ、雲十郎にむけられた細い目には刺すような鋭いひかりがあり、幽鬼を思わせるような凄みがあった。

「鬼塚、おぬしの居合はつうじぬぞ」

佐久は、ゆっくりとした動きで刀を抜いた。

「そうかな」

雲十郎は左手で鍔元を握って刀の鯉口を切ると、右手を柄に添えた。そして、腰を沈めて居合腰にとった。

佐久は、切っ先を下げて下段に構えた。そして、雲十郎を見つめたままゆっくりとした動きで刀身を右脇に持っていった。

佐久の両肩が下がり、全身の力が抜けている。ただ、刀を足元に垂らしているだけに見えた。脇構えでも下段でもない。佐久独自の構えである。隙だらけに見えるこの構えをとって敵に斬り込ませ、斬撃の切っ先を見切るのである。

雲十郎は動かなかった。まだ、居合の抜きつけの一刀をはなつ間合ではない。雲十郎は、抜刀体勢をとったまま佐久の動きに目をむけていた。

……まず、横霞を遣う。

雲十郎は横霞で抜きつけ、さらに縦稲妻を連続して遣うつもりだった。その連続した技の迅さが勝負を決するだろう。

佐久は雲十郎が動かないのを見て、

「いくぞ」

と声をかけ、足裏を摺るようにして間合をせばめてきた。

佐久の構えは、まったくくずれなかった。右脇に垂らした刀身が銀《しろがね》色にひかり、薄闇のなかをすべるように迫ってくる。

間合がせばまるにつれ、佐久の全身から痺れるような殺気がはなたれ、斬撃の気配が高まってきた。

雲十郎は全身に気魄を込め、佐久のはなつ鋭い剣気に耐えていた。気と気の攻防のなかで、しだいにふたりの間合がせばまっていく。時のとまったような静寂と息詰まるような緊張がふたりをつつんでいる。

……あと、二歩。

雲十郎は、横霞をはなつ間合を読んでいた。雲十郎は切っ先のとどく半歩手前で抜きつけるつもりだった。

横霞は捨て太刀といっていい。勝負は、半歩踏み込んではなつ縦稲妻の二の太刀にかかっている。

佐久は足裏を摺るようにして間合をつめてくる。

……あと、一歩！

半歩！

佐久が踏み込んだ刹那——。

イヤアッ！

裂帛の気合を発し、雲十郎が抜きつけた。

シャッ、という刀身の鞘走る音がし、雲十郎の腰元から横一文字に閃光がはしった。

次の瞬間、佐久は後ろに半歩身を引いた。一瞬の体捌きである。

雲十郎の切っ先が、空を切って横に流れた。すかさず雲十郎は刀身を振り上げ、一歩踏み込みざま真っ向へ斬り下ろした。

横霞から縦稲妻へ——。神速の連続技である。

佐久の動きも迅かった。半歩身を引いて雲十郎の横霞の切っ先をかわすと、一歩踏み込みざま刀身を横に払った。

縦稲妻の真っ向への切っ先と、佐久の横に払った切っ先が、ふたりの眼前で縦横に交差したように見えた瞬間、ふたりは大きく背後に跳んだ。お互いが、次の斬撃を避けるために間合をとったのである。

雲十郎は脇構えをとり、佐久はふたたび刀身を右脇に垂らした。

佐久の額に縦に血の線がはしり、タラタラと血が流れ出た。雲十郎の切っ先が、額をとらえたのである。

一方、雲十郎の腹部の着物が横に裂けていたが、血の色はなかった。

雲十郎の縦稲妻と佐久の横に払った太刀の迅さは、ほぼ互角だった。だが、切っ先の伸びがちがっていた。

雲十郎の真っ向へ斬り下ろした太刀は両肘が伸びていたが、佐久の横に払った太刀は両肘がわずかにまがっていた。そのため、佐久の切っ先の伸びが足りなかった。一寸ほどの差であったろう。その差が、佐久の額を縦に斬り裂いたのである。

佐久の額から流れ出た血は、両眼に入って鼻の両脇に流れた。

「お、おのれ！」

佐久が顔をゆがめて、頭を振った。血を払おうとしたらしい。

鼻筋をつたった血が散り、両頰から顎にかけ赤い筋を引いて流れた。

佐久の細い目がつり上がり、ひらいた口から白い歯が覗いた。血に染まった般若《はんにゃ》のような形相である。

佐久の体が怒りに顫え、垂らした刀身が激しく揺れた。

「佐久、これまでだ！」

雲十郎は、気を乱した佐久を見て勝負あった、と踏んだ。

「まだだ！」

叫びざま、佐久は刀身を右脇に垂らしたまま間合をつめてきた。

雲十郎は脇構えにとった。居合の呼吸で、脇構えから逆袈裟に斬り上げるつもりだった。

佐久は摺り足で迫ってきた。捨て身の寄り身である。気攻めも牽制《けんせい》もせずに、一気に間合をつめてくる。

一足一刀の間合に迫るや否や、佐久の全身に斬撃の気がはしった。

タアリャッ！

佐久は甲走《かんばし》った気合を発し、脇に垂らした刀身を上げざま横に払った。

一瞬、雲十郎は体を引いて、その切っ先をかわし、次の瞬間、鋭い気合とともに脇構えから逆袈裟に斬り上げた。

その一撃が、刀を横に払った佐久の左の前腕をとらえた。

ダラリ、と左腕が垂れた。雲十郎の斬撃が、佐久の左の前腕を皮だけ残して骨ごと截断したのだ。

佐久は喉のつまったような呻き声を上げ、後ろによろめいた。截断された左腕から血が赤い筋を引いて流れ落ちている。

すかさず、雲十郎は佐久の前に踏み込み、
イヤアッ！

裂帛の気合を発し、真っ向へ斬り込んだ。

縦稲妻の鋭い斬撃が、佐久の真っ向をとらえた。にぶい骨音がし、佐久の般若のような顔がゆがんだ瞬間、額が縦に割れ、血と脳漿《のうしょう》が飛び散った。

佐久は目尻が裂けるほど目を剝き、血を撒《ま》きながら腰からくずれるように倒れた。悲鳴も呻き声も聞こえなかった。

地面に仰向《あおむ》けに倒れた佐久は、体をかすかに痙攣させていたが、動こうとしなかった。即死である。額から流れ出た血で、顔が熟柿《じゅくし》のように染まっている。凄まじい闘いだった。一寸の切っ先の伸びの差が、勝負を決したといってもいい。

雲十郎は、血刀を手にしたまま横たわっている佐久のそばに身を寄せ、

……終わった。

とつぶやくと、ひとつ大きく息を吐いた。

雲十郎の体中を駆け巡っていた血の滾《たぎ》りが次第に収まり、紅潮していた顔がいつもの白皙にもどってくる。

雲十郎は血振りをくれ、ゆっくりと納刀した。

「雲十郎さま――」

ゆいの声が聞こえた。

雲十郎が振り返ると、ゆい、小弥太、馬場が走ってくる。三人は、近くの物陰から雲十郎と佐久の闘いを見ていたようだ。

馬場が横たわっている佐久に目をやりながら、

「み、見事だ！」

と、昂った声で言った。

ゆいと小弥太の顔には、驚嘆と安堵の色があった。

「佐久の亡骸《なきがら》を家に運んでやろう」

雲十郎が静かな声で言った。

……これで、佐久は彼の世《あよ》に旅立てるのかもしれない。

と、雲十郎は思った。

4

雲十郎は縁側に面した座敷で横になっていたが、表の戸口に近付いてくる複数の足音を聞いて身を起こした。何人か家に来たらしい。

表戸があき、「鬼塚、いるか」という馬場の声が聞こえた。

雲十郎はすぐに立ち上がり、戸口に出ると、馬場の他に浅野と小宮山の姿があった。

「小宮山どのが国許にもどることになったので、挨拶にみえたのだ」

浅野が言うと、

「明後日、江戸を発つことになった」

と、小宮山が言い添えた。

「ともかく、入ってくれ」

雲十郎は、浅野と小宮山を縁側に面した座敷に招じ入れた。

雲十郎と馬場の住む借家は部屋数がすくなく、客を入れる座敷はそこしかなかったのである。

浅野と小宮山が座敷に腰を落ち着けると、

「茶を淹《い》れようか」

と言って、馬場が立ち上がった。雲十郎と馬場の暮らしの世話をしているおみねは帰ったので、茶を淹れてくれる者はいなかった。

「いい、茶は淹れなくていい。藩邸で飲んできたばかりだ」

浅野が慌てて言った。

「いいのか……」

馬場はあらためて座敷に腰を下ろした。

「江戸ではあらかた始末がついたので、国許に帰ることになったのだ」

小宮山が言った。

雲十郎が、佐久を斬って一月ほど過ぎていた。その後、雲十郎と馬場は事件から離れ、それぞれの暮らしにもどっていた。馬場は徒士としての任務にもどり、雲十郎は山田道場に通って試刀術の稽古に励んでいる。

「国許から、松井田に何か沙汰《さた》があったのか」

雲十郎が訊いた。

松井田は日光街道の栗橋宿で大杉たちに身柄を押さえられた後、愛宕下の藩邸に連れもどされていた。

「松井田には沙汰はないが、国許の広瀬益左衛門が自害したようだぞ」

浅野が顔をけわしくして言った。

広瀬は、出家先の寺の境内《けいだい》で短刀で己の喉を突き刺して果てたという。そのことは、国許の城代家老、粟島から江戸の小松の許にとどいた書状で知ったそうだ。

「広瀬は自害したのか！」

雲十郎は驚いた。今度ばかりは広瀬も追い詰められ、逃げ道はないだろうとみていたが、腹を切るとは思っていなかった。

そのとき、雲十郎は藩の介錯人として、一連の事件の黒幕であった広瀬の介錯をしたかったと思ったが、自害となれば仕方がない。

「松井田が捕らえられ、これ以上言い逃れできないとみて覚悟を決めたのであろうな」

小宮山が言った。

松井田の自白で、横瀬の殺しに広瀬がかかわっていたことがはっきりしたのだ。松井田を藩邸に連れ戻した後、先島や浅野たちが吟味にあたったが、松井田はなかなか口をひらかなかった。そればかりか、松井田は、小松や先島が事件を捏造《ねつぞう》し、年寄である自分を罪人扱いにするのはあまりに横暴《おうぼう》だと主張し、国許に帰って殿に直訴《じきそ》すると言ってきかなかったという。

ところが、松井田もすこしずつ話すようになった。すでに、巻枝や滝島が松井田の指示で、小松や先島を暗殺するために山之内や田原たちと会っていたことを白状し、その口上書までできていることを知って、言い逃れできないと観念したからである。

「ただ、松井田はいまでも、国許にいる寺山を通して伝えられた広瀬の指示を、田原たちに知らせていただけだと言い張っているのだ」

そう言って、浅野が苦笑いを浮かべた。

「やはり、寺山もかかわっていたのだな」

雲十郎が言った。

「そのようだ。……寺山が側用人になれたのは、広瀬から渡された多額の金を国許の重臣に賄賂《まいない》として贈ったこともあるらしい。それに、寺山にとって、広瀬は伯父《おじ》だからな。そうしたことがあって、寺山は広瀬の意を汲《く》んで動いていたようだ」

「ところで、広瀬が自害したのは、松井田が自白したことを知って観念したからか」

雲十郎が訊いた。

「いや、それだけではない。……国許で勘定奉行の横瀬さまが殺された件でも、広瀬が背後で佐久間《さくま》たちに暗殺の指示をしていたことが明らかになったのだ。それで、広瀬も観念したのではないかな」

小宮山が言った。

すでに始末のついた件だが、国許で佐久間恭四郎《きょうしろう》という先手組の者が、他の三人の藩士といっしょに横瀬を襲撃して殺した後、出府したのだ。

その後、佐久間は江戸で捕らえられて藩邸内で切腹し、他の三人も雲十郎たちが始末した。ただ、佐久間たちに横瀬殺しを指示した首謀者は不明だった。そのため、国許の目付組頭である小宮山は、横瀬殺しの首謀者をつきとめるためもあって江戸に来ていたのである。

「松井田が、横瀬さまの暗殺についてもしゃべったのか」

さらに、雲十郎が訊いた。

「そうではない。……しゃべったのは、大松屋の番頭だ」

「登兵衛も、吟味したのか」

「まァ、そうだ」

浅野が小宮山に代わって話しだした。

浅野は、この際大松屋のかかわりもはっきりさせようと思い、先島と相談して登兵衛を吟味することにしたという。あるじの繁右衛門ではなく、番頭の登兵衛を吟味することにしたのは、登兵衛の方が口を割るとみたからである。

浅野は松井田の用件を装い、ひそかに登兵衛を藩邸に呼んだ。そして、配下の目付に命じて藩邸内で登兵衛を拘束《こうそく》し、目付の住む長屋に連れていって吟味に当たった。

当初、話すのを渋っていた登兵衛も、すでに松井田や巻枝が自白していることを知り、さらに浅野に、これ以上しらをきれば、拷問《ごうもん》にかける、と脅されると、態度を変えて話しだした。

「やはり、大松屋は藩の専売品にかかわり、国許の広瀬と結託《けったく》して多額の不正な金を手にしていたようだ。……広瀬が出家した後は、寺山もかかわっていたらしい」

小宮山が言った。

登兵衛の自白によると、藩の専売の米、材木、木炭、漆などの江戸への廻漕代を水増ししたり、専売品の量をすくなく見積もったり、売値を実際より安かったことにしたりして多額の金を浮かせたそうだ。

浮かせた金は大松屋が手にしたが、そのうちの何割かが国許の広瀬に渡されていたようだ。ちかごろは、その金が甥《おい》の寺山にも流れていたという。

「これまで帳簿や証文などを調べても、分からなかったらしいが……」

雲十郎は、浅野の配下の目付たちが、大松屋に出向いて大松屋の不正を調べていたことを知っていた。

「われらも、大松屋の帳簿類をはじめ、証文、請書《うけしょ》などを手を尽くして調べたのだが、分からなかったのだ。……巧妙でな、大松屋では後で調べられることを承知で、分からないように記載していたらしい。そのためには、国許にある藩側の帳簿とも記載内容が合っていなければならないが、不正が露見しないように国許の帳簿に手をくわえたり、肝心の帳簿を秘匿《ひとく》したりしていたようだ。それを実行していたのが、広瀬に籠絡《ろうらく》された勘定方の者なのだ」

小宮山によると、登兵衛の自白で、帳簿類の改竄《かいざん》にあたったふたりの勘定方の名も知れたという。

「山崎房之助《やまざきふさのすけ》と鵜川六郎《うがわろくろう》という男だが、すでに国許の目付がふたりを拘束したらしい。ふたりは、広瀬に多額の金を渡された上、将来の栄進もほのめかされていたようだ」

小宮山が言い添えた。

「その不正に、横瀬さまが気付いたのか」

馬場が声を大きくして言った。

「そうだ。……配下の山崎と鵜川に疑いを持った横瀬さまが、ひそかにふたりを調べ始めた矢先、佐久間たちの手で殺害されたのだ」

「発覚を恐れて、横瀬さまの口を封じたのだな」

馬場の顔が、怒りで赭黒く染まった。

「そういうことだ。……番頭の登兵衛が口を割ったことが、大松屋から広瀬にも知らされたのだろうな。それで、広瀬も観念したようだ」

小宮山が言った。小宮山の顔に満足の色はなく、憂いの翳《かげ》があった。広瀬の悪事がはっきりし、横瀬が殺害された件の始末もついたが、事件にかかわった多くの者たちが命を落としていたからであろう。

「寺山はどうなるのだ」

馬場が訊いた。

「側用人の要職にありながら、これだけの大罪に荷担したのだから、切腹はまぬがれまいな」

浅野が声を落として言った。

つづいて口をひらく者がなく、座敷は重苦しい沈黙につつまれたが、

「ところで、大松屋はどうなる」

と、馬場が訊いた。

「まだ、何の沙汰もないようだ」

先島が言った。

「それはないぞ。……大松屋は、広瀬とともに此度の件の黒幕のひとりではないか」

馬場が不満そうな顔をした。

「いや、このままということはないが、相手は江戸に住む町人だからな。蔵元とはいえ、われらが勝手に捕らえて処罰することはできないのだ。……だが、できるだけのことはするはずだ。まず、大松屋との取引きは、やめるだろうな。そうしたことも見越して、川崎屋と話を進めているので、すぐにも実行できるはずだ」

「それだけか」

馬場は、まだ不満そうだった。

「藩としては、これまで藩庫に入るはずだった金の穴埋めとして、大松屋からの借財を棒引きにするのではないかな。藩が大松屋から借りている金は巨額だ。これを棒引きされたら、大松屋の身代《しんだい》がかたむくかもしれん。……それだけではない。大松屋がわが藩に対して巨額の不正な金を着服していたことが、いずれ他藩や他の商人たちにもひろまる。そうなると、大松屋との商売を打ち切る者はいても、新たに始めようとする者はいなくなるはずだ」

「そうかもしれん」

馬場が言った。

「商人は信用が何より大事だ。大松屋は、その信用を失ったことになる。……大松屋にとっては、これ以上の痛手はないだろう」

「わが藩で手はくださずとも、大松屋は相応の処罰を受けるわけか」

馬場が納得したような顔をした。

大松屋の話が済んだとき、

「捕らえた巻枝と滝島は、どうなる」

と、雲十郎が訊いた。まだ、ふたりは藩邸内に拘束されているはずである。

「切腹ということはないだろうが、軽い処罰ではすむまいな」

浅野が、領内からの追放か御役御免《おやくごめん》の沙汰が下されるのではないかと言い添えた。

「仕方あるまい」

雲十郎が言った。

巻枝と滝島は松井田の指図で動いていたとはいえ、小松を襲ったり飯山を殺害したりした一味を匿っただけでなく、連絡役もつとめていたのである。

「いずれにしろ、これで始末がついたわけだな」

馬場が声を大きくして言った。

一通り事件にかかわる話が済むと、雲十郎たち四人は、しばらく国許に残してきた家族のことや今後のことなどを話した。

「そろそろ、おいとまするか」

小宮山が腰を上げると、浅野も立ち上がった。

雲十郎と馬場は、ふたりを見送りに戸口まで出た。

辺りは、淡い夕闇に染まっていた。風があり、路傍の木々の葉叢がザワザワと揺れている。

「国許にもどったときは、おれの家にも寄ってくれ」

小宮山はそう言い残し、浅野とふたりで戸口から離れた。

雲十郎と馬場は、去っていくふたりの背を見送っていたが、

「ところで、ゆいどのと小弥太どのは、どうしたのだ」

馬場が、思い出したように訊いた。

「どうしたかな」

雲十郎は、ゆいと顔を合わせなくなって一月ほど過ぎていた。馬場も同じであろう。

「国許に帰ったのかな」

馬場が小声で言った。

「そうかもしれんな」

雲十郎はそう言ったが、ゆいが雲十郎に何も言わずに江戸を去ることはないと思っていた。

ゆいは、江戸のどこかにいるにちがいない。闇にひそみ、何かことあれば姿を見せて闘うのが梟組である。

浅野と小宮山の姿は、路地をつつんだ夕闇のなかに消えていた。

雲十郎はゆいが路地の先から歩いてくるような気がして、浅野たちが消えた夕闇に目を凝らした。

一〇〇字書評

切・り・取・り・線

死地に候

購買動機（新聞、雑誌名を記入するか、あるいは○をつけてください）

□（　　　　　　　　　　　　　　）の広告を見て
□（　　　　　　　　　　　　　　）の書評を見て
□ 知人のすすめで　　　□ タイトルに惹かれて
□ カバーが良かったから　　　□ 内容が面白そうだから
□ 好きな作家だから　　　□ 好きな分野の本だから

・最近、最も感銘を受けた作品名をお書き下さい

・あなたのお好きな作家名をお書き下さい

・その他、ご要望がありましたらお書き下さい

住所	〒				
氏名		職業		年齢	
Eメール	※携帯には配信できません	新刊情報等のメール配信を 希望する・しない			

この本の感想を、編集部までお寄せいただけたらありがたく存じます。今後の企画の参考にさせていただきます。Eメールでも結構です。

いただいた「一〇〇字書評」は、新聞・雑誌等に紹介させていただくことがあります。その場合はお礼として特製図書カードを差し上げます。

前ページの原稿用紙に書評をお書きの上、切り取り、左記までお送り下さい。宛先の住所は不要です。

なお、ご記入いただいたお名前、ご住所等は、書評紹介の事前了解、謝礼のお届けのためだけに利用し、そのほかの目的のために利用することはありません。

〒一〇一・八七〇一
祥伝社文庫編集長 坂口芳和
電話 〇三（三二六五）二〇八〇

祥伝社ホームページの「ブックレビュー」からも、書き込めます。

http://www.shodensha.co.jp/bookreview/

祥伝社文庫

死地《しち》に候《そうろう》 首斬《くびき》り雲十郎《うんじゆうろう》

平成26年 4月20日　初版第1刷発行

著　者　鳥羽《とば》 亮《りよう》

発行者　竹内和芳

発行所　祥伝社《しようでんしや》
東京都千代田区神田神保町 3-3
〒101-8701
電話　03（3265）2081（販売部）
電話　03（3265）2080（編集部）
電話　03（3265）3622（業務部）
http://www.shodensha.co.jp/

印刷所　萩原印刷
製本所　ナショナル製本
カバーフォーマットデザイン　中原達治

Printed in Japan ©2014, Ryō Toba　ISBN978-4-396-34029-2 C0193

祥伝社文庫の好評既刊

鳥羽 亮
冥府に候 首斬り雲十郎
藩の介錯人として「首斬り」浅右衛門に学ぶ鬼塚雲十郎。その居合の剣〝横霞〟が疾る！ 迫力の剣豪小説、開幕。

鳥羽 亮
殺鬼に候 首斬り雲十郎②
秘剣を破る、二刀流の剛剣の刺客現わる！ 雲十郎は居合と介錯を融合させた新たな秘剣の修得に挑む。

鳥羽 亮
真田幸村の遺言 上 奇謀
〈徳川を盗れ！〉戦国随一の智将が遺した豊臣家起死回生の策とは⁉ 豪剣・秘剣・忍術が入り乱れる興奮の時代小説！

鳥羽 亮
真田幸村の遺言 下 覇の刺客
江戸城〈夏の陣〉最後の天下分け目の戦――将軍の座を目前にした吉宗に立ちはだかるは御三家筆頭・尾張！

鳥羽 亮
さむらい 青雲の剣
極貧生活の母子三人、東軍流剣術研《とうぐんりゅうけんじゅつけん》鑽《さん》の日々の秋月信介《あきづきしんすけ》。待っていたのは父を死に追いやった藩の政争の再燃。

鳥羽 亮
死恋《さむらい》の剣
浪人者に絡まれた武家娘を救った一刀流の待田恭四郎。対立する派の娘と知りながら、許されざる恋に……。

祥伝社文庫の好評既刊

鳥羽亮　闇の用心棒

齢のため一度は闇の稼業から足を洗った安田平兵衛。武者震いを酒で抑え、再び修羅へと向かった！

鳥羽亮　地獄宿　闇の用心棒②

〝地獄宿〟と恐れられるめし屋。主は闇の殺しの差配人。ところが、地獄宿の男達が次々と殺される。狙いは!?

鳥羽亮　剣鬼無情　闇の用心棒③

骨までざっくりと断つ凄腕の刺客の殺しを依頼された安田平兵衛。恐るべき剣術家と宿世《すくせ》の剣を交える！

鳥羽亮　剣狼《けんろう》　闇の用心棒④

闇の殺し人片桐右京を襲った秘剣霞落とし。破る術を見いだせず右京は窮地へ。見守る平兵衛にも危機迫る。

鳥羽亮　巨魁《きょかい》　闇の用心棒⑤

岡っ引き、同心の襲来、謎の尾行、殺し人「地獄宿」の面々が斃されていく。殺るか殺られるか、究極の剣豪小説。

鳥羽亮　鬼、群れる　闇の用心棒⑥

重江藩の御家騒動に巻き込まれ、攫われた娘を救うため、安田平兵衛、片桐右京、老若の〝殺し人〟が鬼となる！

祥伝社文庫の好評既刊

鳥羽　亮

風雷　闇の用心棒⑬

風神と雷神を名乗る二人の刺客襲来で、安田平兵衛に最大の危機が⁉　殺された仲間の敵を討つため、秘剣が舞う！

鳥羽　亮

殺鬼狩り　闇の用心棒⑭

地獄屋の殺し人たちが何者かに襲われた。江戸の闇の覇権を賭け、人斬り平兵衛の最後の戦いが幕を開ける！

鳥羽　亮

新装版　鬼哭《きこく》の剣　介錯人《かいしゃくにん》・野晒《のざらし》唐十郎①

首筋から噴出する血の音から名付けられた奥義「鬼哭の剣」。それを授かる唐十郎の、血臭漂う剣豪小説の真髄！

鳥羽　亮

新装版　妖《あやか》し陽炎《かげろう》の剣　介錯人・野晒唐十郎②

大塩平八郎の残党を名乗る盗賊団、その陰で連続する辻斬り…小宮山《こみやま》流居合の達人・唐十郎を狙う陽炎の剣。

鳥羽　亮

新装版　妖鬼飛蝶の剣　介錯人・野晒唐十郎③

小宮山流居合の奥義・鬼哭の剣を封じる妖剣〝飛蝶の剣〟現わる！　野晒唐十郎に秘策はあるのか⁉

鳥羽　亮

新装版　双蛇《そうじゃ》の剣　介錯人・野晒唐十郎④

鞭の如くしなり、蛇の如くからみつく邪剣が、唐十郎に襲いかかる！　疾走感溢れる、これぞ痛快時代小説。

祥伝社文庫　今月の新刊

安達　瑶　生贄《いけにえ》の羊　悪漢刑事
警察庁の覇権争い、狙われた美少女。ワル刑事、怒りの暴走！

中村　弦　伝書鳩クロノスの飛翔
飛べ、大空という戦場へ。信じあう心がつなぐ奇跡の物語。

橘　真児　脱がせてあげる
猛暑でゆるキャラが卒倒！脱がすと、中の美女は……。

豊田行二　野望代議士　新装版
代議士へと登りつめた鳥原は、権力の為なら手段を選ばず！

鳥羽　亮　死地に候《そうろう》　首斬り雲十郎
三ヶ月連続刊行、第三弾。「怨霊」襲来。唸れ、秘剣。

小杉健治　花さがし　風烈廻り与力・青柳剣一郎
記憶喪失の男に迫る怪しき影。男はなぜ、藤を見ていたのか!?

野口　卓　ふたたびの園瀬　軍鶏侍
美しき風景、静謐な文体で贈る、心の故郷がここに。

聖　龍人　本所若さま悪人退治
謎の若さま、日之本源九郎が、傍若無人の人助け！